下　册

CANTON TALKER

大話廣府

老廣新遊　大話國　編繪

萬里機構

大話國創作團隊

★ 大 欣   ★ 小 可   ★ 斯 敏

★ Win   ★ 魚 仔   ★ 小 菁

★ 孫 孫

鳴 謝

DJ 肥光

粵謳傳承人陳麗英老師

香港紮作師冒卓祺師傅

香港非遺研究專家蔡啟光老師

黃詠茵女士

廣作博物館

狀元坊戲服廠

石灣美術陶瓷廠

佛山香雲紗博物館

編者的話

　　2016 年，我們決定做一本專注廣府文化的趣味百科全書，並開啟了長達兩年的戶外采風與文史資料整理，在插畫與文字的表達上反覆斟酌推敲，最終於 2018 年盛夏推出了文化繪本《大話廣府（上冊）》，讓讀者在輕鬆愉快的視覺閱讀下，了解廣府歷史、地理、人文、語言、節慶、信仰，實現了傳統文化與現代閱讀的良性融合。

　　有了上冊的信心加持，團隊馬不停蹄地進入《大話廣府（下冊）》的創作日程，與大家繼續暢聊廣府美食、競技、技藝、文藝、建築等等。在三年半的籌備期裏，團隊始終抱着嚴謹的研究精神，為了畫出白切雞的製作流程，我們走進燒臘店的後廚，仔細觀察師傅們的烹飪秘訣；為了理解廣彩瓷的歷史背景，我們翻閱古今中外的歷史文獻，從親歷者的文字中汲取信息；為了還原粵劇戲服的製作情況，我們拜訪本土戲服工坊，感悟傳統戲服的針線之美；為了感受戲棚搭建的神奇之處，我們前往香港九龍，與資深的搭棚師傅交流經驗；為了體驗魚行醉龍節的節日氣氛，我們走進澳門，迷醉在酒香四溢的巡遊隊伍裏……務求將真實而地道的廣府文化呈現給您！

　　2022 年，《大話廣府（下冊）》全新出發。至純廣味，不負等待。

老廣新游
大話國

目錄 下冊

第六話
廣飲廣食

06

第七話
廣作奇工

42

第八話
祠堂慶典

96

第九話
粵韻南音

118

第十話
廣府建築

144

第六話 ◆ 廣飲廣食

粵菜是中國八大菜系之一，指的是普遍存在於廣州、順德、東莞、中山、江門、深圳等珠江三角洲地區的菜式。廣府菜的起源可追溯至漢初，隨着中原漢人的南遷，各種先進的烹飪技藝和炊具，以及「食不厭精，膾不厭細」的飲食風

格傳入嶺南，使廣府菜形成用料奇異廣博、烹調技藝多樣善變的特點。明清時期發達的農業與繁榮的商業外貿，推動廣府飲食文化發展進入高峰。廣府人在繼承中原飲食文化的同時，博採眾長吸收各地烹飪精華。兼容並蓄的飲食風氣，使廣府菜獨樹一幟，時至今日依然影響着廣府人的一餐一食。

蛇蟲鼠蟻
Abnormal Dishes
◆ 飛禽走獸 蛇蟲鼠蟻 ◆

人們常用一句話調侃廣東人
的食材選擇：「四條腿的除了桌椅
板凳，就沒有廣東人不吃的東西。」
甚麼都敢吃，甚麼都會吃，甚至
昆蟲也能成為廣東人餐桌上的美
味佳餚。

五嶺以南，氣候溫
熱潮濕，植被豐富，
昆蟲種類繁多。在農
耕業和畜牧業尚未發
達的情況下，南越先
民除了捕魚打獵，大
多依靠林間的各類昆蟲補
充蛋白質。唾手可得的豐富食
材，令他們養成了喜食鮮活、生猛
的飲食習慣。

蛹醬炸

串燒龍虱

禾蟲煎蛋

鹽烤蠍子

西漢《淮南子》有「越人得髯蛇，以為上餚」
的記載。「髯蛇」是生活在嶺南的一種大蛇，南越
人將其視為珍貴的高級食材。

兩層竹木建築，上層住人

下層躲避毒蟲和飛禽走獸

古越族生活想像圖

　　廣州西漢南越王墓出土了一件文物——「屏風銅人操蛇托座」，上面雕刻着一名大力士，口咬一條蛇，雙手各抓一條蛇，生動地再現了南越人抓蛇的情景。

　　隨着中原先進的烹飪技藝和理念傳入嶺南，各類食材都找到合適的烹調方式，天上飛的、水中游的、地面跑的、土裏長的，成為嶺南先民餐桌上一道道各具風味的美食。

無雞不成宴
Chicken Cuisine
◆ 活雞鮮做　自然本真 ◆

　　廣東人説「無雞不成宴」，無論是任何場合的宴席，雞都是必不可少的一道菜。

　　放養是能讓雞肉口感達到最佳的飼養方式，讓雞群在田間山地肆意奔跑覓食，長期的運動和雜食的生活特性能讓雞肉更結實。走地雞的雞肉脂肪量更少，吃起來口感也就更好，更有鮮味，最適合用來做原汁原味的白切雞了。

大閹雞　被閹了的公雞，肉質結實，是製作湛江白切雞的首選。

雞姆　上了歲數的老母雞，用來煲湯燉湯更滋補，適合產婦和老年人補充營養

雞項　未生過雞蛋的小母雞，肉質嫩滑

白切雞源於廣東，始於清代的民間酒樓，因烹雞時不加任何配料，只浸泡白滷水汁入味，白煮而成，食用時隨吃隨切，故被稱為「白切雞」。

「過冷河」後雞皮遇冷收縮，爽脆有彈性

皮下的透明啫喱固體不是雞的脂肪，而是凝固的膠原蛋白，有美容養顏的功效哦

雞肉內有薄薄的脂肪，不肥膩也不「柴」，就是好雞好肉

當雞骨呈現出嫩紅的血色，周圍的肉質呈粉紅色，證明雞肉剛熟又未「老」，此時肉質最佳

蘸　料

白切雞選料新鮮、講究，烹調工序繁複，上碟後看似平淡無奇，入口卻鮮美而清新。吃時再配上不同的蘸料，更能帶出雞肉風味。

白切雞

蔥薑、沙薑、豉油等淋上熱油，能神奇地變化出不同風味

秘訣

「皮爽肉滑、骨都有味」是廣東人定義一隻白切雞是否好吃的標準。要做到這個標準，需要的是一爐小火和一個「浸」字。

按照廣州傳統的做法，浸雞用的熱水和「過冷河」用的冰水都必須是像雞湯一樣的白滷水，以此保證雞肉和雞骨都能入味。白滷水一般用雞骨、豬脊骨與沙薑、甘草、桂皮等香料一起煲製而成，具體配方則按廚師的個人偏好而定。

提 將雞放入煮沸的白滷水中，再馬上提起，這樣重複三次，逼出血水冷水，使雞身內外溫度一致

浸 文火浸雞，浸到剛熟的狀態即可

有雞味！

冷 最後把雞浸入冰水中「過冷河」，令雞皮收縮緊致，獲得爽脆嫩滑的口感

由於太愛吃雞，廣東人鑽研了多種烹飪手法煮雞，
如白切雞、豉油雞、銅盤蒸雞、紅葱頭淋雞、手撕鹽焗雞、
脆皮燒雞、泥焗雞、啫啫雞⋯⋯

銅盤蒸雞

醃製好的雞肉與紅棗、陳皮一起放入銅盤蒸製。銅盤能讓雞肉在短時間內均勻受熱煮熟，香味更顯濃郁

玫瑰豉油雞

玫瑰露酒的香甜能提鮮，卻不搶雞味

啫啫雞

砂煲燒燙後放薑片、蒜子等爆香，再放雞生啫（即利用瓦煲傳熱，把放進的食物焗熟），因「啫啫」響而得名

文昌雞

雞浸熟後去骨取肉，切成與火腿、雞肝大小一致的薄片擺盤，食用時各取一片同時放入口中，口感層次豐富、風味獨特

無魚不成席
Fish Cuisine
◆ 一魚多吃 百味生鮮 ◆

珠三角一帶魚塘眾多，建在魚塘邊上簡陋的農家樂，卻是吃新鮮魚的好地方

　　廣東人常說的「無雞不成宴」，其實緊跟其後還有一句「無魚不成席」。在河流縱橫、水網密佈的「魚米之鄉」，人們愛吃魚，也懂得如何製作最鮮美的魚，其中「清蒸」最顯功力。

清蒸魚

　　清蒸魚，除了放少量薑絲去腥外，便不再放其他佐料入鍋蒸。考驗的是廚師對於蒸魚的時間和火候的控制，當然還有對食材新鮮的自信。

　　新鮮的魚在蒸熟後會魚鰭豎起、魚眼凸出、魚皮破裂，有這幾個特點的清蒸魚，便知定是新鮮食材。

　　魚蒸好後，除了放蒸魚豉油，點睛之筆便是鋪上薑葱，再淋上熱油，讓薑葱釋放香味的同時又保持生脆。

淋熱油

在碟邊澆上用蒸魚原汁、生抽、白糖調製的蒸魚豉油

魚眼凸出

魚肉剛好離骨，確保蒸熟又肉質鮮嫩

一魚多食

吃魚除了原味的清蒸做法，對吃魚頗具心得的順德人也會針對同一條魚的不同部位設計最適合的烹飪方式，比如魚頭用砂鍋焗；魚皮可以涼拌；魚片用清湯「打邊爐」；魚尾滾湯……真可謂「一魚多吃，百味生鮮」。

魚片

魚片是清湯魚片火鍋的主角。為保證口感，魚片厚度一般控制在 3 毫米左右。下鍋 10 秒後即可撈出，再放豉油、熟油、薑蔥絲等相拌入口，鮮嫩爽口

魚頭煲

廣東的啫啫砂鍋魚頭煲利用高溫的砂鍋把大魚頭焗熟，肉質外焦內嫩，香口又細滑

煎魚骨

魚骨洗乾淨，切段。提前半小時用鹽醃一下。放到油鍋，慢火煎至金黃

涼拌魚皮

不把魚皮弄破卻要去掉鱗和殘肉，是功夫活。魚皮灼水後放進冰箱冰凍，吃的時候再拌上醬油、香蔥、花生油等配料，爽口美味

其他各種用魚肉做的風味小吃，把魚肉的鮮美風味保留了，又不用挑魚刺，連不喜吃魚的人也會對這些魚類小吃青睞有加。

在廣東順德，每逢過生日都要做魚麵，代表長壽年年，因此魚麵也有「長壽魚麵」的稱號

魚麵

魚腐

魚肉槌打成魚膠後的製成品，兼貝魚的鮮美、肉的醇厚和豆腐的口感

魚包

魚包，又名「魚飽」，外形與雲吞相似，但吃進嘴內則是另一種完全不同的口感

魚皮角

皮和餡均使用魚肉製成，潔白鮮嫩，香滑爽口，久煮不爛，吃起來既有魚蝦鮮味，又有濃郁肉香

魚餅

將鯪魚青壓成薄餅形，用慢火煎至金黃，使之成為佐酒下飯妙品

順德魚生

在廣東順德，人們還保留着一種古代食魚膾的傳統，那就是吃魚生，也就是吃生的魚肉。無論在其貌不揚的農莊、大排檔，還是金碧輝煌的大飯店，魚生都是順德人心目中的一道經典菜式。

製作順德魚生最講究的是廚師的起骨技術。正所謂廚出鳳城（即順德），順德廚師的廚藝享譽天下，經驗老到的順德師傅能把魚完全去骨而又不傷魚肉。

切片後將魚生冰凍一陣，口感更清涼爽滑

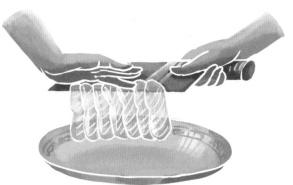

切魚片的最高境界，是將魚片切得薄如蟬翼、輕可吹起

先將魚身的血水排淨，去皮剝骨，拆出魚身兩側的肉。將魚肉精準地切成厚薄為 0.5 毫米半透明薄片，吃起來沒有半點骨，肉質肌理緊密，口感爽脆清新。

通常選用草魚、鱸魚、鯇魚等淡水魚製作魚生，切好的魚片被整齊地碼成菊花的形狀，美其名曰「菊花魚生」。

檸檬葉絲

白芝麻

花生油

芥末

菊花魚生

花生

風生水起

順德人講求好意頭，吃魚生之前還有一個重要的儀式——撈起。「撈起」在粵菜裏是一種類似涼拌菜的做法，就是將魚生與各種爽口配料拌勻。食客們在吃前會邊用筷子攪拌邊説着「撈起撈起，風生水起」。據説撈得愈高，生活過得愈好。

酸薑絲

生薑絲

青椒圈

洋蔥絲

醃蘿蔔絲

香菜

豉油

順德魚生的佐料多達 20 餘種，根據個人喜好調配，口感和味道的層次感非常豐富

燒出好滋味
Cantonese Barbecue
◆ 爐火炙烤「熠熠靈」◆

「斬料，斬料，斬大嚿（塊）叉燒，油雞滷味樣樣都要，斬大嚿叉燒，嘩！有玉冰燒，玉冰燒，坐低飲杯玉冰燒⋯⋯」一首生動活潑的《玉冰燒》廣告歌，唱出了打工仔的日常飲食生活，也體現了燒味對廣東人的重要性。

叉　燒

叉燒是燒味中的一大代表菜式，多選用豬頸、裏脊、梅頭肉等部位製作。其中，最受歡迎的莫過於半肥瘦的豬肉，它的肥肉部位入口即化，肥而不膩，廣府人生動地稱其為「肥叉」。

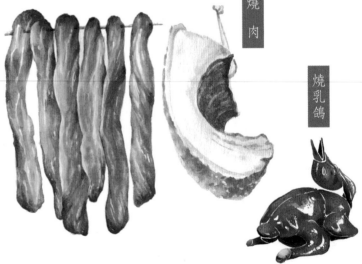

燒肉

燒乳鴿

蜜汁叉燒

走在廣州的菜市場、街邊路邊，你總會看到一家或幾家燒臘檔。每逢傍晚時分，街坊們在店面外排起長隊，等着「斬料加餸」，把一盒盒幸福的飄香佳餚端上家裏的飯桌。

肥又最正

燒鵝髀飯食唔厭

今日啲菜好靚啊！

燒臘飯

燒鵝髀飯＋樽裝汽水，是打工仔最佳午飯配搭

燒鵝

正所謂「南燒北烤」，作為南方燒味中的上品，嶺南燒鵝是廣府人餐桌上的大菜，地位等同於北方的烤鴨。

燒鵝之所以在餐桌上有着不可動搖的地位，原因是它那皮脆肉嫩，多汁醇厚的口感，讓人難以放下筷子。

夾起一塊燒鵝，放進嘴裏，最先品嘗到的是酥脆甘香的燒鵝皮，隨即便是醇鮮嫩口的鵝肉，香脆的表皮和飽滿的肉質充滿整個口腔。

這道好吃不膩，符合大眾口味的燒鵝令人齒頰留香，回味無窮！

鵝頸更像零食，骨多入味，鍾意「吮骨」的一定要試 — 頸

鵝頭最適合下酒，味道香濃，咬落卜卜脆

鵝頭

鵝脊脊夠香口，肉薄皮脆

鵝胸脂肪少肉多，怕肥膩的可選 — 胸

背脊　胸

上莊

下莊

左髀　右髀

鵝髀嗦嗦肉，油多夠香，小朋友最鍾意

烏鬃鵝

廣東的烏鬃鵝，骨細肉嫩，胸肉多、皮下脂肪較少，肉質緊緻又有彈性，是製作燒鵝的絕佳食材

酸梅醬

酸梅醬和燒鵝是絕配！燒鵝油分充足，配上酸甜解膩的酸梅醬，滋味昇華！

灌鵝 將味汁從鵝的下腹灌入腹腔

用燒鵝針縫上開口,不讓味汁流出 縫口

吹脹 從鵝頸開口處打入空氣,令鵝皮肉分離

皮水淋遍鵝身,讓色澤鮮亮 淋皮水

風乾 燒烤前先風乾,鵝皮才會酥脆

入爐 烤製期間多轉動,受熱更均勻

味料 由薑末、蒜蓉、蔥末、鹽、白糖、料酒、玫瑰露酒、味精、五香粉等香料製成,既能辟腥,又能增加味道層次

皮水 大紅浙醋、白醋、麥芽糖、蜜糖、檸檬汁、高度酒製成的皮水,能讓燒鵝表皮鮮潤酥脆,帶有淡淡甜味

瓦缸 傳統燒鵝多用瓦缸燒製,厚實的缸壁有極強的保溫和密封效果,最大程度保留鵝肉的水分,令燒鵝皮脆肉嫩、肉汁鮮美

23

燒鵝淋過皮水後大風扇吹乾

滷水乳鴿

半肥瘦叉燒新鮮出爐

使用明火的金屬烤爐

燒鵝睇邊

傍晚時份，忙碌的香港燒臘鋪

25

太公分豬肉
Steam Pork from Taigong
◆ 紅皮赤壯「豬」事順利 ◆

廣府人事事講意頭，燒豬皮酥脆，色金黃，被廣府人視作「家肥屋潤」好意頭。因此每逢大時大節、婚嫁、祭祖、開張等日子，這一味美名為「金豬」的硬菜，總會被供出，作為儀式中不可或缺的一環。

人人有份

嶺南祠堂祭祀中，有個有趣的環節：祭祀後的燒豬會由村內德高望重的老人家（俗稱太公）分割，派給各家各戶，寓意將福氣分給大家，族人都能獲得祖上庇佑。粵語歇後語「太公分豬肉——人人有份」，就是源自此，用來比喻平均分配利益的意思。

現實中的太公分配可不只豬肉，還有族人的田產、地產、分紅等利益分配。

廣府人的祠堂慶典，必定
有燒豬供在祖先神位前

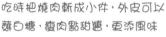
吃時把燒肉斬成小件，外皮可以
蘸白糖，瘦肉點甜醬，更添風味

皮薄脆、肉鬆嫩

蘸料

白砂糖　　甜醬

一口大滿足

　　除了好意頭，燒肉也因其絕妙口味抓住食客的心。

　　吃燒肉能一口品嘗到三種感覺！剛咬下去時，先是表皮的香脆，之後就是皮下脂肪的柔軟甘香，最後以吸收了鹹香的瘦肉收尾，一口大滿足！

廣府人清明祭祖聚餐的必吃菜！

蕎菜炒燒肉

蕎菜，是清明期間才能吃到
的爽口食材，配搭鹹香的燒
肉炒更是一絕

均安蒸豬

　　説起廣府人的分豬肉習俗，不得不提順德均安的名菜——均安蒸豬。均安人分食的豬是用一個特製的大蒸櫃原隻蒸。以往，均安人在春秋兩季的祭祀裏，會選用特別肥的大豬，用鹽糖簡單醃製後，放入蒸櫃蒸至熟透便分食。

　　現代人聽起來可能會覺得很油膩，但在那個物質不豐富的年代，由太公分配的一份蒸肥肉，卻是不可多得的美味。如今的均安人把當年簡單原始的蒸豬方式傳承了下來，改良成一道聞名遐邇的特色菜。

這是一隻《舌尖上的中國》也採訪過的蒸豬

均安人在蒸豬過程中，創新地增加了紮豬油和淋冰水兩個工序，再加上選用相對不太肥的豬，就能成功給豬肉減膩。村民還會自製釘刷，當豬肉將熟時，在豬皮上紮出一圈圈的孔，使多餘的豬油流走，進一步減少肥膩感，再迅速澆上冰水，豐富口感。

嶺南果蔬

Cantonese Fruits and Vegetable

◆ 四季果蔬 不時不食 ◆

嶺南的珠江三角洲地區，氣候溫暖潮濕，河網密佈，土地肥沃，不僅是水鄉，還是魚米之鄉，得天獨厚的自然地理環境孕育出多種獨具嶺南特色的農作物。

茭筍要趁嫩先好食！

茭筍

蔥姑

馬蹄

菱角

今年的蓮藕好靚啊!

廣州有道頗具南國風情的素菜名為「泮塘五秀」。泮塘,指的就是現在廣州荔灣一帶。古時,那是一片由珠江泥沙沖積而成的池塘沼澤地,泥土肥沃,除了地面上的農作物茂盛,池塘裏的水生植物也長得豐美。當地西關人家喜歡把池塘裏盛產的蓮藕、慈姑、馬蹄、茭筍、菱角混搭清炒,五種食材各有不同口感,吃起來清爽宜人。

泮塘五秀

蓮藕

蔬菜瓜果

對於廣府人而言，每頓飯必定要配上一道葉菜才算完整。茄子、番茄、節瓜、馬鈴薯等等這類瓜果都不能替代葉菜在廣府人心目中的地位。

清炒高腳菜心、煮水東芥菜、蝦醬炒通菜、蒜蓉生菜……滿桌的佳餚要是缺了葉菜，大家會不約而同地發問：「青菜呢？」

老細，稱兩斤通菜！

通菜

高腳菜心

冬季 10 月底上市，比一般菜心遲上市。增城小樓的高腳菜心以粗壯高大、甜嫩無渣著稱，被譽為「菜王」

椒絲腐乳炒通菜

蝦醬炒又得，腐乳炒又得！

今晚煲翻個芥菜鹹豬骨都好哦！

媽咪，點解仲要買青菜？

家常滾湯

　　滾湯，即把食材放入沸水煮湯。因為簡便快捷，既能做菜又能喝湯，是一般家庭最常用的做法。

西洋菜

水東芥菜

清甜爽脆的西洋菜與鮮嫩彈牙的鯪魚滑一起滾湯，可以清熱潤燥

水東芥菜營養豐富，口感厚實滑嫩，用鹹豬骨增味，滾得熱透後變軟，老人小孩都愛吃

嶺南佳果

　　廣東的水果素有「嶺南佳果」的美譽。嶺南處於低緯度地區，亞熱帶氣候讓這裏的人們一年四季都能品嘗到不同風味的水果。

　　有連蘇東坡都讚歎「不辭長作嶺南人」的名果荔枝，有清熱消食的黃皮、楊桃、油柑，有潤肺的枇杷、蓮霧，有滋補的龍眼、木瓜，有味道難以描述的番石榴、大樹菠蘿，還有一年四季都有的香蕉、大蕉、粉蕉、皇帝蕉等。

　　雖然現代農業技術讓人們能隨時吃上反季節水果，但果品選擇豐富的廣東人熟知每種水果的時節，推崇不時不食的原則，把當季水果作為首選。

龍眼

荔枝

蓮霧

黃皮

果肉生津止渴、消食健胃，果實、果核、葉子和根部都有藥用價值

桑葚

小巧的桑葚飽滿多汁，染紅了嘴巴卻留下酸甜的初夏回憶

大樹菠蘿

番石榴

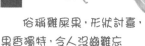

俗稱雞屎果，形狀討喜，果香獨特，令人沒齒難忘

三華李

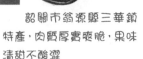

韶關市翁源縣三華鎮特產，肉質厚實爽脆，果味清甜不酸澀

廣府人稱菠蘿蜜為大樹菠蘿，許多人誤認其為榴蓮。其貌不揚的外殼下，包裹着一塊塊肉質緊實的果肉，果香濃郁且清甜爽口

楊桃

蒲桃

香蕉

甘蔗

木瓜

沙田柚

果肉脆嫩，酸甜適中，成熟時像一個個燈籠掛滿枝頭，是中秋家宴上常見的水果

神灣菠蘿

哇！果味好濃！

我哋中山本地的神灣菠蘿，細細隻都好好食嘎！

廣式飲茶
Dim Sum and Tea
◆ 一盅兩件 得閒飲茶 ◆

「得閒飲茶（有空喝茶）」是廣府人的口頭禪。早在清咸豐、同治年間，廣東佛山就已經出現「一厘館」「二厘館」等平民茶館。只需付一兩厘茶資，就能坐下歇腳、喝茶、聊天。隨着經濟發展和生活水平的提高，茶居、茶樓等更高檔體面的飲茶場所相繼出現。茶樓一般設在二、三樓上，有大廳也有雅座，還有豐富的點心供應，很快成為當時的人們聚會休閒的好去處。

有句粵語俗語：「有錢樓上樓，無錢地下跴（蹲）。」可以看出飲茶之風已深入社會各階層。

一盅兩件

廣式飲茶的主角不是茶水，而是茶點。最初，二厘館會提供簡單的「一盅兩件」（即一盅熱茶、兩件糕點），糕點通常是能填飽肚子的鬆糕、芋頭糕、蘿蔔糕等。由於價錢實惠，飲茶是體力勞動者勞動間歇的「充電」方式。如今，「一盅兩件」已經成為廣府人飲茶的代名詞。

一盅

石灣產的大耳粗嘴綠釉鵪鶉壺

兩件

茶點多數是鬆糕、芋頭糕、蘿蔔糕、糯米雞等馬上能擋飽肚子的實在貨

四大天王

現在茶樓的廣式飲茶，當然不只是「一盅兩件」。對茶水要求高的茶客，可以選擇好茶葉、歎功夫茶。茶點越來越豐富，通常有數十種點心任君選擇，囊括各式各樣的蒸點、酥點、糕點、粥點，琳琅滿目。

如果你初次嘗試飲茶，蝦餃、燒賣、蛋撻和叉燒包是必點之物。作為廣式茶點的「四大天王」，這四款點心甜鹹皆備，無骨、不辣又不易飽，是最不容易「踩雷」的選擇，也最能考驗點心師傅的功力。

蝦餃

蛋撻

中西結合的甜點，以蛋漿調配餡料，口感香滑濃滑，配上鬆化的酥皮，甜而不膩

「四大天王」之首，澄麵做皮，鮮蝦、瘦肉和竹筍為餡，包成可以一口吃掉的晶瑩小餃子，「彎梳」形最傳統

燒賣

叉燒包

全熟的燒賣皮包裹着厚實的鮮肉，頂部加一撮蟹籽，飽滿的蟹子，金玉滿堂感十足

鬆軟適中的麥皮，包裹着鹹甜適中的叉燒餡料，裂口的大小預示着這是不是一個靚包

蒸排骨

炸春卷

腸粉

老廣靚湯
Cantonese Soup
◆ 老火靚湯 滋潤清補 ◆

「寧可食無肉，不可飯無湯」是廣府人飲食的真實寫照。餐前飯後都要喝一碗湯，才算是完整的一餐飯。每位廣東媽媽都是家裏的營養師，靚湯湯譜刻在心中。她們煲出的靚湯營養美味，是調節溫熱寒涼、食補養生的秘方，更蘊含着濃濃的溫情愛意。

陳皮

蜜棗

木棉花夏枯草煲鯽魚

二月木棉花盟，用來煲湯可以清熱利濕、解毒解乏，加上清熱瀉火的夏枯草、和中補虛的鯽魚，適合解食欲不振、緩重春困

夏枯草

赤小豆

木棉花

鯽魚

清補涼煲豬腱

枸杞

安安仲夏，飲食應清淡而有營養。清補涼是廣東民間食方，內含淮山、沙參、玉竹、枸杞、蓮子等，與肉質嫩滑的豬腱煲湯，可以清熱涼血、溫補健脾

清補涼

淮山

玉竹

豬腱

蓮子

薏米

蜜棗

黨參

廣府人的飲湯習俗源於嶺南炎熱、濕氣重的天氣。在這種氣候環境下，人們容易出現一種外地人無法理解的特殊症狀——熱氣，也就是上火。為了清熱降火祛濕，廣府人逐漸調配出順應時節、適合不同體質人群的各種美味湯水。

老廣靚湯是藥材與食材結合的膳食，按需搭配功效不同的藥材，用雞、鴨、豬等肉類中和滋味。煲湯的關鍵在於文火慢煮，只有恰當的火候和長時間煮製，才能造就一煲地道的老火靚湯。

紅蘿蔔菜乾煲豬筒骨

秋季燥氣當令，清熱潤肺、解渴利尿的白菜乾，與骨膠原豐富的豬筒骨合煲，有潤燥滋陰的功效

菜乾

豬筒骨

玉米

紅蘿蔔

南杏

蜜棗

北杏

蟲草花魚肚煲雞

蟲草花

無花果

嶺南的冬天濕冷，進補過度容易熱氣，因此廣府人講究冬季溫補。有益肝腎的蟲草花、滋養筋脈的魚肚、肉質嫩滑的三黃雞，煲成一盅香甜濃稠的靚湯，可以增強免疫力

枸杞

生薑

魚肚

紅棗

肇慶

清遠

裹蒸粽

薄藕　　文鯉

芡實

西樵大餅

艇仔粥

腸粉

炭步芋頭

鼎湖上素

又燒包

蝦餃

燒鵝

霸王花

雞蛋花

順德魚生

燒賣

白切雞

縮骨大頭魚

佛山

雙皮奶

窩奀沙葛

蹦砂

均安燒鵝
均安蒸豬

神灣菠蘿

龍眼

雲浮

盲公餅

石岐乳鴿

雞屎藤餅

杏仁餅

中山

菜薳露

橘普

白貝

杜阮涼瓜

陳皮

江門

珠海

菊花酒

豬

陳皮鴨

竹筒飯

甘蔗

橫山粉葛

陽江

黃油蟹

鹹魚

白灼九節蝦

荔枝

筍乾

河源

沃高腳菜心

梅菜

梅菜扣肉

釀豆腐

魷魚

生蠔

觀音菜

燒肉

手打肉丸

龍門粉絲

蟹

大眼雞

汕尾

東莞

燒鵝瀨粉

惠州

深圳

粉絲蒸扇貝

香港

咖喱魚蛋

缽仔糕

淡水酥丸

粉蕉

烏頭魚

雞蛋仔

BLACK&WHITE

港式奶茶

平安包

菠蘿油

西多士

豬扒包

葡國雞

灣區美食

　　粵港澳大灣區在文化上同根同源，開放包容的廣府文化使多元的美食彙聚於此。無論是餐廳還是家中的大廚對「色香味」都有極致的追求精，生猛海鮮和老火靚湯同桌競技，每一道新鮮、精彩的菜式是每天的驚喜和期盼，從早茶到夜宵總能滿足食客挑剔的味蕾。

　　澳門特別行政區和佛山順德是聯合國教科文組織官方認證的「美食之都」。

廣府地區的手工藝業發展蓬勃，既具特色又多元化：有精微細緻到只能置於掌心賞玩的欖核雕，也有大到能容納千人的臨時竹戲棚；有極具本土特色的莨紗綢，也有風靡西語世界的廣繡馬尼拉大披肩；有王公貴胄爭相收藏的奢

侈品，也有平民百姓的日常生活器具……這些多姿多彩的手工技藝被一代代匠人保護和傳承，製作出來的作品千百年來點綴着廣府人家的精緻生活。時至今日，不少手工技藝被列為非物質文化遺產項目，精工奇巧的廣作技藝需要大家一起來保護和傳承。

外銷品
Export Wares
◆ 中西合璧 譽滿四方 ◆

清乾隆二十二年（1757），為了更好地規範海外貿易，清政府推行「一口通商」，把廣州作為對外貿易的唯一港口。在紛至遝來的外銷貨訂單中，有許多極具廣東特色的手工藝品，如色彩明艷的廣彩瓷、描繪中國社會生活的通草畫、融合西班牙服飾風格的廣繡大披肩等，很好地向世界展示了東方文明古國的風采。

廣彩瓷

請把我們家族徽章畫在這個瓶上吧！

外商在行商的協助下，與廣彩瓷行達成合作

外商訂貨

作坊窯燒

將廣彩瓷放入600℃至900℃的低溫窯內進行二次燒製

應運而生的廣彩

　　中國是瓷器的故鄉。明清時期，相比顏色單一的青花瓷，隨着琺瑯彩、五彩、粉彩等各種釉上彩工藝逐漸誕生，瓷器的色彩變得豐富多樣。擁有精美的中國瓷器，一直是 17 至 18 世紀歐洲上流社會的時尚風潮。

　　清乾隆年間，廣州十三行成為「一口通商」外貿口岸後，洋商紛紛到十三行定製瓷器。可以滿足「來圖定製」的釉上彩瓷——廣彩瓷，逐漸成為外銷瓷器的主流。

廣彩瓷成型之路

在廣彩瓷未誕生前，中國的外銷瓷器主要出口景德鎮的釉下青花瓷。「一口通商」之後，為了降低運輸損耗、加快速度，行商們決定將景德鎮定製的白瓷坯而不是成品運到廣州。廣州工匠根據定製圖樣，在白瓷坯上繪製紋飾，製成顏色絢麗的彩瓷。

讓我們跟隨清代外銷畫裏的故事，重溫廣彩瓷的成型之路吧！

採

礦工們從景德鎮的山中開採陶瓷原料高嶺土，用鐵錘敲碎至雞蛋大小的塊狀

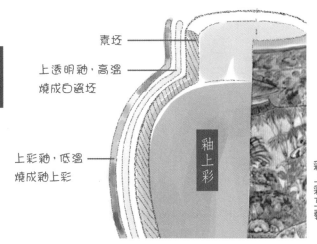

素坯

上透明釉，高溫燒成白瓷坯

上彩釉，低溫燒成釉上彩

廣彩瓷

釉上彩

釉上彩工藝

銷

製作完成的廣彩瓷將交由瓷器店鋪進行銷售

燒

放入窰窖低溫燒製

 製

經過層層雜質篩選後，工人們將攪勻的瓷土放在轉盤中心進行塑形，製成素坯

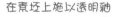
在素坯上施以透明釉

釉 → 燒

運到火窯裏高溫燒製

繪 → 釉 → 燒

在瓷坯上繪製青花瓷圖案

白瓷坯

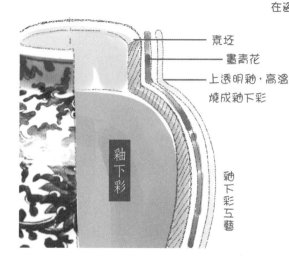

素坯
畫青花
上透明釉，高溫燒成釉下彩

釉下彩

釉下彩工藝

青花瓷是釉下彩，燒製後就是成品。

青花瓷

歷經高溫燒製後的素坯變成白瓷坯，後續運往廣州進行上釉工序

彩繪 ← 水路 ← 陸路 ← 運

接過景德鎮的「接力棒」，廣彩工匠在白瓷坯的基礎上進行彩繪，這種工藝稱「釉上彩」

後乘船進入珠江流域，到達廣州

先徒步翻越江西和廣東的交界處——梅關

用稻草把白瓷坯打包放進竹簍，準備長途運輸

織金彩瓷

　　18 世紀初，受到中國瓷器的啟發，歐洲人大力發展本土製瓷業，導致中國瓷器的出口量驟減。1784 年，隨着美國商船「中國皇后號」首航成功，中國外銷瓷積極開拓美國市場。

　　為了迎合正處於「黃金時代」的美國市場，廣彩瓷逐漸形成了以金色為主，高飽和、高對比的濃艷色彩風格，圖案繁複而華麗，就像金銀彩絲織於白玉之上，因此被冠以「織金彩瓷」的美譽。

廣彩瓷銷往海外後，外國工匠結合當地人的審美風格和生活習慣，重新裝飾和改造廣彩瓷。他們在花盆、碗上鑲嵌金、銀、銅、錫等金屬，把這些常見的日用器皿變成中西合璧的藝術品。

紋章瓷

紋章瓷是外銷廣彩瓷的一大品類。「紋章」是一種西方人使用的彩色標誌，按照特定規則設計。個人、家族或團體都可以設計專屬的紋章，一般在服飾、生活器具中出現。

隨着廣彩瓷在海外熱銷，歐洲皇室富商紛紛出高價定製廣彩瓷，並要求在瓷器上繪製紋章等指定圖案。這種做工精美又彰顯身份的高級定製品，絕對是歐洲上流社會的「炫富神器」。

這是英國馬丁和比德爾家族的聯姻紋章圖案

五常傢私

你聽說過五常傢私嗎？這是清代外銷廣式家具的經典品牌，曾經風靡歐洲貴族圈。17 至 18 世紀，歐洲各國掀起一股「中國風」熱潮，上流社會熱衷收集各種中國器物，廣式家具就是其中之一。在廣州十三行，聚集了「五常」「萬全」等數十家家具商行，吸引眾多外商前來定製家具。

除了產品質量夠好，商行還要有很強的品牌推廣意識，才能在競爭激烈的十三行脫穎而出。其中，「五常」家具商行別出心裁地製作了「產品宣傳冊」——《廣東五常酸枝傢私》，當中收錄了近 600 款外銷廣式家具的圖樣。

如今留存的廣式外銷家具，基本都能在這本冊子中找到相似的款式，廣式外銷家具因此也被統稱為「五常傢私」。

圖樣：屏架式櫃檯

圖樣：雕花獸腿半邊

　　發達的海運促使南洋的酸枝、紫檀等優質硬木被源源不斷運往廣州，木匠擁有充足的原材料，製作木器時就不需吝用料。他們在家具上盡情展現繁複的浮雕、鏤空通雕等技法，鑲嵌華麗的螺鈿、雲石點綴，使五常傢私看起來厚重大氣、富麗精美。

　　當時，歐洲流行巴洛克和洛可可藝術風格。獸腿、西番蓮等西洋元素常被運用到五常傢私的造型和裝飾上。中西合璧的「混搭風」由此誕生，至今仍影響着廣式家具的整體風格。

圖樣：單柱蟠龍紋三足台　　　　　成品

貝殼螺鈿鑲嵌花紋

獸足

這張桌子以西式茶桌為雛形，桌柱刻中國傳統的蟠龍紋，桌面則是螺鈿鑲嵌的各式花紋

外銷畫

在照相技術發明前，遠航而來的西方人會將在中國的所見所聞畫下來，帶回自己國家作為異國見聞傳播或收藏。18 世紀中至 20 世紀初，隨着西方商賈等來華活動頻繁，西方繪畫技法傳入中國，在廣州出現了一種專門賣給外國人的繪畫。這種繪畫內容涵蓋清末中國民生百態、百業景象等方方面面，具有濃厚的商業性質，後來被藝術研究者稱為「中國外銷畫」（Chinese export paintings）。

中國外銷畫畫種豐富，包括油畫、紙本水彩畫、紙本水粉畫、通草紙水彩畫、反繪玻璃畫、象牙細密畫、壁紙畫等

鏡畫　　　　　　畫在菩提葉上的外銷畫

反繪玻璃畫　　　　　清乾隆‧廣州手繪農耕商貿圖外銷壁紙

19世紀繪畫外銷畫的庭呱畫室

　　歐洲人有用壁畫裝飾牆面的傳統，來自中國的壁紙畫面精美、東方情調濃郁，贏得了歐洲社會各階層的青睞。據記載，1775年曾有一艘商船從廣州一次性裝載了2236件中國壁紙運到倫敦。

　　隨着外銷畫需求量增加，西方畫師在中國收徒授業，教授中國人油畫、水彩等西方畫法，史貝霖、關喬昌（林呱）、關聯昌（庭呱）等成為中國第一批油畫家。

　　據史料記載，1835年左右，廣州十三行附近有30家雜貨店繪製外銷畫。1848年一位外國遊客在遊記中記載，當時廣州有兩三千人繪製外銷畫。

受西方繪畫技法和工藝品的影響，中國外銷畫家的作品既吸收了西方透視及光影技法，又保留了中國畫傳統審美，這種如混血兒般亦中亦西的風格，深受西方人喜愛。一起來看看外銷畫和中國畫有哪些不同之處吧！

外銷畫與中國畫對比

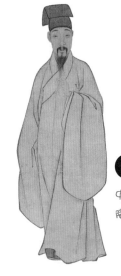

外銷畫用色：色彩豐富濃艷，層次分明

中國畫用色：以墨色為主，隨類賦彩，清逸淡雅

明暗

外銷畫肖像：著重人物面部的明暗起伏，富有立體感

中國畫肖像：以正面光為主，淡化光影，善用線條表現輪廓

衣紋

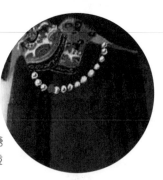

外銷畫衣紋：模仿西洋繪畫的技法，衣服刻畫注重光影變化，厚重有質感

中國畫衣紋：善用白描手法表現，簡鍊卻不單薄

通脱木

隨着外銷畫需求量的增大，為了節省成本，畫家除了用昂貴的進口水彩紙，還可以選擇廉價易得的通草紙繪製。

製作通草紙的通脱木在廣東一帶廣泛種植，加工成紙不僅便宜，而且容易着色。在陽光照射下，水彩與通草紙呈現出斑斕繽紛的效果。通草畫長時間存放後，色彩依然保留完好，而且畫幅有限，便於攜帶，被稱為古代的「手繪明信片」。

等到莖髓中的水分蒸發後，再用長刀把其切割成薄片

通草紙

吸收顏料後形成特有的絨毛質感

通草畫

色彩光澤鮮艷奪目，有立體感

廣繡大披肩

黑長髮、頭戴鮮花、大長裙、大披肩，跳着充滿力量感的佛朗明戈舞，這是典型的西班牙女性形象。你是否留意到，她們身上洋溢着鮮明的中國元素？

從 19 世紀開始，西班牙女孩身上那襲搶眼的大披肩，絕大部分是出自廣州一帶繡工之手。

在那個海上貿易頻繁的年代，大量充滿東方情調的廣式繡品，隨着大帆船漂洋過海，輾轉到了歐洲女人的身上。色彩對比強烈的廣繡大披肩與西班牙女性熱情奔放的氣質一拍即合，互相襯托，深受她們的喜愛，逐漸成為她們衣着的固定配搭。

這種專門出口給西班牙的廣繡大披肩，被稱為「馬尼拉大披肩」。你或許會好奇為甚麼叫這樣一個名字，而不叫「中國披肩」或者「西班牙披肩」呢？

事情要從 400 多年前說起。16 世紀，海上霸主西班牙開闢了一條當時距離最長的新航線。這條新航線連接了美洲和亞洲，一頭是墨西哥的阿卡普爾科港，另一頭是菲律賓的馬尼拉。

這條由西班牙人開拓的大帆船貿易航線，自 1565 年起，至 1815 年結束，經歷 250 年，被學者譽為「世界第一條全球貿易航線」

　　每年 6 月，當西南季風吹起時，西班牙製造的大帆船便會滿載着來自中國的絲綢、瓷器、繡品、茶葉等貨物，從馬尼拉啟航，順着北太平洋上的「黑潮」東行，歷時 6 個月，抵達墨西哥的阿卡普爾科港。

　　這些遠航而來的中國貨物，一部分會銷往墨西哥及中南美洲等西班牙殖民地，一部分則會轉運至西班牙及歐洲其他地方（當時巴拿馬運河尚未開通，貨物在巴拿馬的波托韋洛只能經由陸路運輸）。回程時，大帆船滿載南美產的白銀，還有西班牙銀元、銅、可可等，順着太平洋流直航，僅需 3 個月便可抵達馬尼拉。

　　經過多地轉運，廣繡大披肩到達歐洲後，人們已經不知它產自何處。大家只知道這些精美的東方商品是從馬尼拉乘坐大帆船出發，於是就以馬尼拉這一重要港口命名，稱廣繡大披肩為「馬尼拉大披肩」。

絲綢質地、廣繡工藝與流蘇裝飾這三大特色，共同構成了工藝精良的廣繡大披肩，成為 19 世紀至 20 世紀初中國外銷品的重要一員。

絲綢質地

精美刺繡

流蘇裝飾

廣繡大披肩用色富麗鮮明、對比度強烈，有着自己鮮明的藝術語言。其畫面常以花葉枝蔓、中式亭台樓閣和人物裝飾，這些東方風情濃郁的元素，恰恰符合西方人的審美。

中國船夫形象

嶺南園林和花鳥景致

滿大人、清代女子和花團錦簇的圖案

廣繡大披肩

外銷白緞地彩繡人物傘

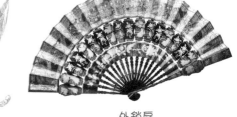

外銷扇

廣繡大披肩與外銷洋傘、摺扇一起，引領着西語地區的時尚風潮。無論是皇室貴婦，還是平民階層的女工、舞娘，衣櫥裏都少不了一件馬尼拉大披肩。

伴隨着廣繡大披肩的流行，刺繡的工具和技法也被傳入西語地區。在西班牙塞維利亞等地，如今仍有織繡作坊沿用廣繡的針法和兩米多長的大花架製作披肩。而「馬尼拉大披肩」這種叫法一直被保留下來，雖不甚準確，卻在西班牙文化圈中深入民心，成為這段傳奇貿易史的見證。

每逢盛大節日，西語系國家的婦女都會披上精美的刺繡披肩，沉浸在節日的氣氛中

廣繡
Cantonese Embroidery
◆ 風格鮮明 ◆

　　廣繡，指的是廣州、佛山、南海、番禺、順德一帶的民間刺繡工藝。自古以來，珠三角具備發達的種桑養蠶業基礎，婦女大多擅長繡工。廣繡被廣泛運用在不同的場景，無論是民間慶典的裝飾道具，如舞獅隊的幡旗、巡遊的羅傘、粵劇的戲服、婚禮的龍鳳裙褂等，還是人們的日常生活品，如服飾鞋帽、枕套被面、扇套荷包等。

　　廣繡品的題材大多是人們既熟悉又充滿幸福吉祥寓意的主題，如「孔雀開屏」、「松鶴延年」、「年年有餘」等，構圖飽滿、圖案生動、設色濃烈，散發着濃郁淳樸的嶺南生活氣息。

節慶巡遊用的幡旗、羅傘，
常常都是廣繡繡品

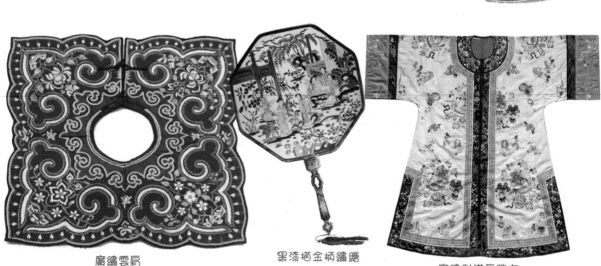

廣繡雲肩

黑漆描金柄繡繡
戲曲人物扇

廣繡對襟長馨衣

喜慶的裙褂是廣府人家的傳統嫁衣，運用了大量金銀絲線繡

繡着吉祥圖案和字樣的嬰兒背帶，結構獨特，方便家長邊勞作邊帶娃

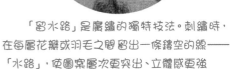

金銀線

留水路

廣繡師傅常用金銀線勾勒圖案輪廓，各式造型栩栩如生，貴氣十足

「留水路」是廣繡的獨特技法。刺繡時，在每層花瓣或羽毛之間留出一條鏤空的線——「水路」，使圖案層次更突出、立體感更強

粵劇戲服
Cantonese Opera Costume
◆ 廣繡手藝的集大成者 ◆

粵劇戲服是廣繡技藝的集大成者。在小小的製作工坊裏，繡工們根據不同角色的圖案需求，運用真絲絨繡、金銀線繡、線繡和珠繡四種面料技法，對戲服進行加工。做出來的戲服具有質感豐富、構圖飽滿、色彩濃艷的特點，圖案、配色符合人物特徵，每一件都是度身訂造的。

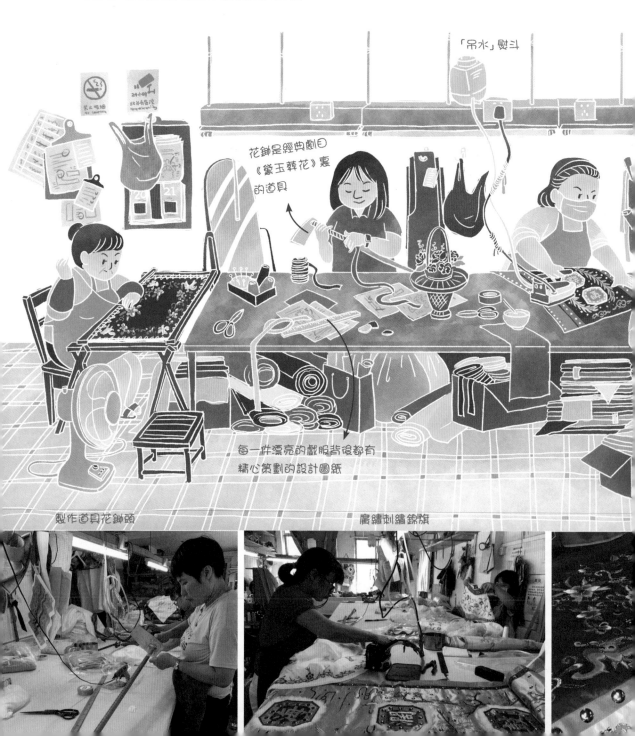

「吊水」熨斗

花鈿是經典劇目《黛玉葬花》裏的道具

每一件漂亮的戲服背後都有精心策劃的設計圖紙

製作道具花鈿頭

廣繡刺繡錦旗

精緻的冠帽與繡花鞋

羅傘：戲曲中皇帝出巡的儀仗

男蟒：戲曲中男性貴族的禮儀著裝

儲量充足的各色布料

繡球長度夠嗎？

幾好幾好！

彩斑斕的絲線與珠片

狀元坊戲服廠的工作車間

石灣陶瓷
Ceramic of Shiwan
◆ 石灣公仔 得意盞鬼 ◆

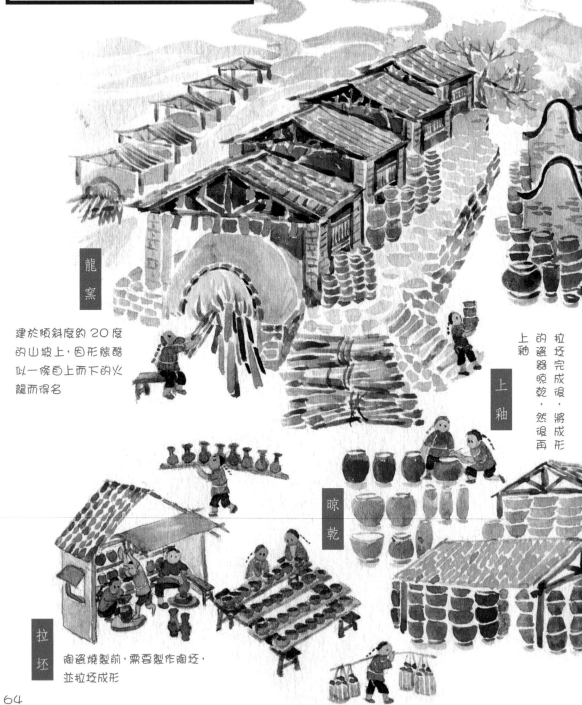

龍窯

建於傾斜度約 20 度的山坡上，因形態酷似一條自上而下的火龍而得名

上釉

拉坯完成後，將成形的瓷器晾乾，然後再上釉

晾乾

拉坯

陶瓷燒製前，需要製作陶坯，並拉坯成形

　　諺語有言：「石灣瓦，甲天下。」説的就是擁有 5000 多年歷史的「南國陶都」——佛山石灣。

　　早在新石器時代，石灣先民就已懂得挖土燒陶。南宋晚期，世代製陶的霍氏家族從中原南遷至此，歷代族人先後建造了陶師廟和南風古灶，為當地製陶業的發展打下了堅實基礎。到了明清兩代，憑藉直通廣州港口的便利交通與自身豐富的自然資源，石灣陶業進入鼎盛時期。

　　石灣陶瓷多為建材、日用器皿和工藝品，如屋脊、缸、埕、煲、缽、盤、公仔等。

65

陶瓷活化石

　　清代的石灣陶業正值全盛時期。據記載，當時石灣一帶曾有上百座龍窯進行陶瓷生產。時至今日，這種龍窯在佛山僅存 3 座，而其中最古老的南風古灶卻仍未退休。

　　南風古灶，這座始建於明代正德年間的龍窯，至今仍使用傳統的柴燒技術，500 多年來爐火不斷，被稱為「陶瓷活化石」。

火神

舊時石灣人以陶業為生，燒陶的窯和家裏煮飯的灶一樣重要，所以稱窯為「灶」

石灣人將火德星君的塑像供奉在南風古灶旁，燒窯前拜一拜火神，祈求燒出品質上乘的「窯寶」

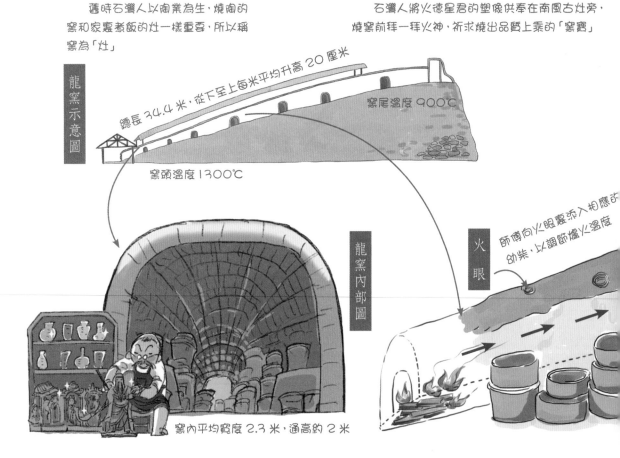

龍窯示意圖

總長 34.4 米，從下至上每米平均升高 20 厘米

窯尾溫度 900℃

窯頭溫度 1300℃

龍窯內部圖

窯內平均寬度 2.3 米，通高約 2 米

火眼

師傅向火眼裏添入相應的劈柴，以調節爐火溫度

柴窯的魅力

　　如今，陶瓷燒製已大量使用了高效穩定的電窯和氣窯，相比之下，用柴燒的龍窯體積龐大，工序繁複，溫度難控，成品率低，這些都是龍窯被現代工業取代的原因。然而正是這些因素，使龍窯的成品有着難以預測的驚喜或失落，而這正是其獨特的魅力所在。

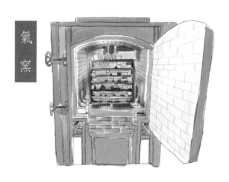

氣窯

用液化氣等作為燃料，窯爐容積大，可一次性燒製大量產品

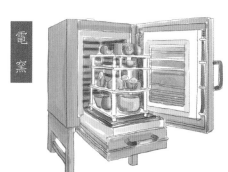

電窯

窯溫精準穩定，與氣窯相比溫度較低，能耗也相對較低

窯門
陶瓷製品進出龍窯的通道

匣缽
把陶瓷送入龍窯燒製之前，要先裝入匣缽，以防雜質對其造成破壞

我們要去蒸十二個小時的高溫桑拿啦！

看看誰能燒成窯寶啦！

怎麼「桑拿」完，我衣服變色了？

做泥稿

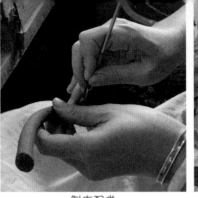

製作配件

黏配件

石灣陶瓷是泥、釉、火的綜合產物，製作流程包括構思創作、製模、注漿成型、修坯、上釉、煅燒等六個環節，處處考驗着陶瓷師傅的經驗與耐心。

泥稿

初步塑形的陶瓷坯土被稱為「泥稿」

石膏模

把石膏塗在作品的原件上，成模後即可批量生產，有利於提升陶瓷的生產效率

修坯

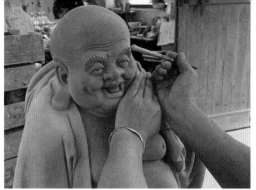
刻畫細節

上釉

修坯後，作品更圓滑了！

這是畫龍點睛的工作！

修坯

上釉

成品

觀音

和合二仙

財神

石灣公仔

　　石灣陶瓷最為人熟知的是那些取材自神仙道佛、古代名人和市井百態的陶藝製品，作品中的人物質樸率真極具生活氣息，被人們親切地稱為「石灣公仔」。

　　石灣公仔為何能捏得如此生動傳神呢？這就不得不說到石灣特有的陶泥。將赤泥、沙土和當地的白堊土、白泥、黏土等，按比例混合後，黏性和可塑性就能大大增強。這種成分特殊的陶泥豐富了石灣公仔的塑形技法，製陶藝人除了運用傳統的雕塑技法外，還創新出貼塑、捏塑、捺塑、刀塑等獨特的新技法，從而造就石灣公仔「百物百形、千人千面」的藝術特質。

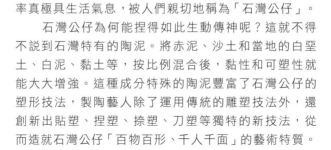

枱燈座

洋莊公仔

為了讓人們更好地欣賞這道屋脊上的風景線，屋脊上的神仙們會微微探頭露個臉，萌感十足

屋脊脊飾

鼎盛時期的石灣公仔，還在清代的嶺南園林建築上「大展拳腳」：小至花盆上的漁樵耕讀、神龕前的各路神仙，大至房頂的山牆組景、屋前的照壁，無不蘊含歷史典故，豐富了建築裝飾的文化內涵。

廣州清代古建築陳家祠屋頂上的陶塑瓦脊便是典型代表，內容涉及戲劇故事、神話傳說等，形態各異，維妙維肖。

欖雕
Olive Carving
◆ 方寸世界 ◆

　　明有奇巧人曰王叔遠，能以徑寸之木，為宮室、器皿、人物，以至鳥獸、木石，罔不因勢象形，各具情態。嘗貽餘核舟一，蓋大蘇泛赤壁云。

——《核舟記》

　　中學語文課本裏收錄了一篇有趣的文言文——《核舟記》，這是明代文學家魏學洢的著作，文中描述了明代微雕藝人王叔遠的一件桃核雕刻作品。讀過此文的人，無不對文中描述的精湛技藝印象深刻，浮想聯翩。

　　核雕技藝在廣州也傳承已久，廣州藝人喜用本地產烏欖核雕刻。由於欖核形狀兩頭尖腹部大，雕刻成小船最為神似。明清期間，寺院僧人常以欖核雕船售予香客，以示普度之意。

清代陳祖章《雕橄欖核舟》
（台北「故宮博物院」藏）

　　到了清代乾隆年間，廣州宮廷匠人陳祖章，用烏欖核雕刻了東坡遊赤壁的場景。船內共八人，個個細如米粒，船底還刻有《後赤壁賦》，全文共 300 餘字，筆劃清晰，可見 200 多年前的廣州欖雕技藝已經相當成熟。

船頭坐三人中峨冠而多髯者

為東坡佛印居右魯直

居左蘇黃共閱一手卷

東坡右手執卷端左手

撫魯直背魯直左手執

卷末右手指卷如有所語

東坡現右足魯直現左足

各微側其兩膝相比者各隱卷底

衣褶中佛印絕類彌勒袒胸露乳

矯首昂視神情與蘇黃不屬臥右

膝詘右臂支船而豎其左膝

左臂掛念珠倚之珠可歷歷數也

白露橫江，
水光接天。

好睏啊！甚麼
時候能睡！

茶快煮好了！

東坡夜遊赤壁圖

大家來欣賞一下
我收藏的寶貝！

船上小窗竟然
還能開合！

這是何物？
如此精緻！

73

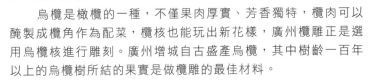

烏 欖

　　烏欖是橄欖的一種，不僅果肉厚實、芳香獨特，欖肉可以醃製成欖角作為配菜，欖核也能玩出新花樣，廣州欖雕正是選用烏欖核進行雕刻。廣州增城自古盛產烏欖，其中樹齡一百年以上的烏欖樹所結的果實是做欖雕的最佳材料。

在地上先鋪好一塊布，烏欖跌落在布上

烏
欖

烏欖體積比一般橄欖大，欖核兩頭尖、中間飽滿

與其他橄欖相比，烏欖的欖核較大且欖仁較小，表面光滑沒有孔洞，十分適合雕刻成工藝品，盤玩後整體色澤胚潤均勻

煮欖

將生烏欖放入 80℃溫水中
浸十多分鐘，使肉質變軟

打欖

用長竹竿拍打欖
果群，使其墜落

剝欖

用線繞着欖紮幾圈，
然後用力一擠，核肉
就能成功分離啦！

煮熟的欖

欖角

醃製曬乾而成的
欖角，帶有獨特
的芳香味道

欖核

欖核要風乾存放
五年以上，才能
用於雕刻

欖雕四大工序

　　合格的欖核要放置五年以上，待風乾定型、顏色變深後才能用來雕刻。雕刻期間，從開粗毛坯、雕刻成型到最後的精細打磨，每一道工序都凝聚着欖雕師傅的心血。

趙板頭
趙板頭是固定在工作台上的木板，方便師傅對欖核進行定位雕刻

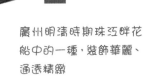

紫洞船
廣州明清時期珠江畔花船中的一種，裝飾華麗、通透精緻

選欖核
根據欖核的不同形狀，構思作品的造型

設計圖稿
欖核去除表皮後，用筆大致畫出雕刻的圖案

雕刻雛形
用銼刀去掉欖核上的餘料，製作出作品的雛形

欖雕工具

雕刻用的刻刀十分講究,按刀口形狀不同可分成平口、圓口等,多達五六十把,每一把刀需根據藝人的使用習慣自行打製。因此,欖雕藝人十分珍視自己的工具,故有「工具如手,不借老友」的口頭禪。

傳統工具

銼刀

開粗毛坯時的專用刀,此步驟是決定作品好壞的關鍵一步

鏟刀

刀口闊窄不一,用於修滑磨平小面塊

卓刀

兩面有細齒,用於分清線條或分離部件

圓口

刀刃呈弧狀,用於雕刻圓凹痕處,如花瓣、人物衣袖紋等

尖刀

兩面有細齒,用於分清線條或分離部件

電動工具

隨著電動刀具的普及,替換工具也只需更換刀頭即可,大大提高了雕刻效率

深化造型

用浮雕、鏤空雕等技法雕刻欖核,深化作品造型

打磨

磨去作品表面刀刻的痕跡,修整邊角

雕刻成型

豐富作品表面的細節刻畫,並增加裝飾物,欖雕作品大功告成!

戲棚搭建
Bamboo Opera Theater
◆ 竹木結構 棚內無柱 ◆

你可能想像不到，在香港這樣的國際化大都市內，還保留着搭建臨時竹戲棚演出神功戲的習俗。

每逢盂蘭勝會，各種神誕、打醮等日子，香港多地都會有團體在社區空地上建起臨時竹戲棚，邀請粵劇或潮劇團體來演出，以感謝神明的庇佑。

為保證神功戲風雨不改地進行，一個堅固的戲棚至關重要。然而經驗豐富的搭建師傅們卻不需要設計圖紙，也不費一釘一鎚便能建成。先用杉木、竹枝構成樑柱，再以竹篾條紮穩，最後棚頂覆蓋上鋅鐵皮便完成了。這樣搭建起來的戲棚小規模的能容納幾百人，大的能容納四五千人之多。

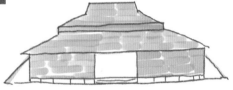

大金鐘 內窺屬方形，三面敞睜，一面封閉，可容納四五千人之多

龍船脊 因外觀與昔日存放龍舟的臨時竹棚相似而得名，規模較小，可容納一千人

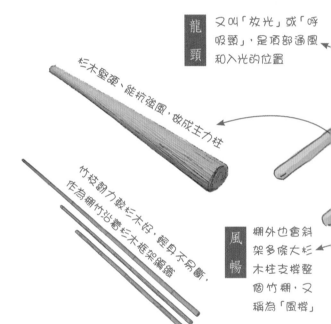

龍頸 又叫「放光」或「呼吸頸」，是頂部通風和入光的位置

杉木堅硬、能抗強風，故成主力柱

竹枝韌力較杉木好，輕身不易折斷，作為棚竹沿着杉木框架綑紮

風暢 棚外也會斜架多條大杉木柱支撐整個竹棚，又稱為「風撐」

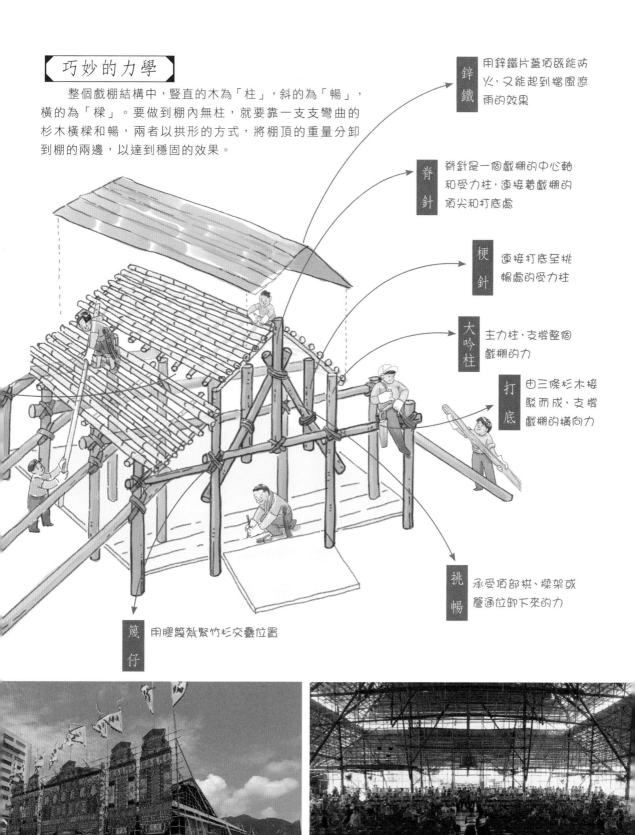

巧妙的力學

　　整個戲棚結構中，豎直的木為「柱」，斜的為「暢」，橫的為「樑」。要做到棚內無柱，就要靠一支支彎曲的杉木橫樑和暢，兩者以拱形的方式，將棚頂的重量分卸到棚的兩邊，以達到穩固的效果。

鋅鐵　用鋅鐵片蓋頂既能防火，又能起到擋風遮雨的效果

脊針　脊針是一個戲棚的中心軸和受力柱，連接着戲棚的頂尖和打底處

梗針　連接打底至挑暢處的受力柱

大吟柱　主力柱，支撐整個戲棚的力

打底　由三條杉木接駁而成，支撐戲棚的橫向力

挑暢　承受頂部拱、樑架或簷通位卸下來的力

篾仔　用膠籤紮緊竹杉交疊位置

戲棚大解剖

　　戲棚搭好後，神功戲正式開演。影視業尚未發達時，進戲棚看戲是人們主要的娛樂方式。觀眾往往只能看見台前的精彩，殊不知在那狹小的舞台背後，還有粵劇人井然有序的幕後生活。

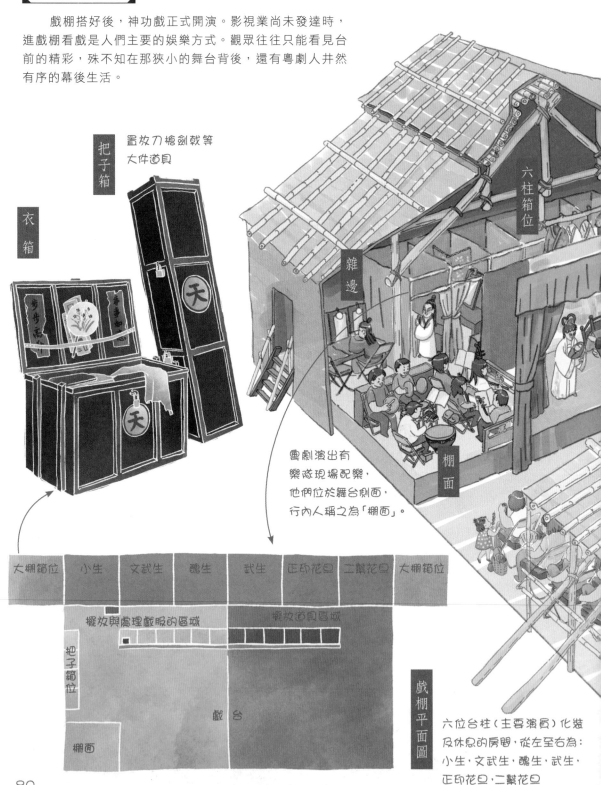

把子箱　置放刀槍劍戟等大件道具

衣箱

六柱箱位

雜邊

棚面

粵劇演出有樂隊現場配樂，他們位於舞台側面，行內人稱之為「棚面」。

大棚箱位	小生	文武生	醜生	武生	正印花旦	二幫花旦	大棚箱位

擺放與處理戲服的區域　　擺放道具區域

把子箱位

戲台

棚面

戲棚平面圖

六位台柱（主要演員）化裝及休息的房間，從左至右為：小生，文武生，醜生，武生，正印花旦，二幫花旦

　　五彩斑斕的花牌曾經是珠三角地區是一種很重要的廣告宣傳工具，如今已越來越罕見，但在香港的傳統節慶活動裏，這種傳統節慶花牌仍然扮演着重要的角色。

　　花牌的製作以竹枝、竹篾及鐵絲紮成支架，在紙及布料上，用顏料、油漆寫上廣告字及圖案，再配以真花或假花裝飾，講求對稱之美。

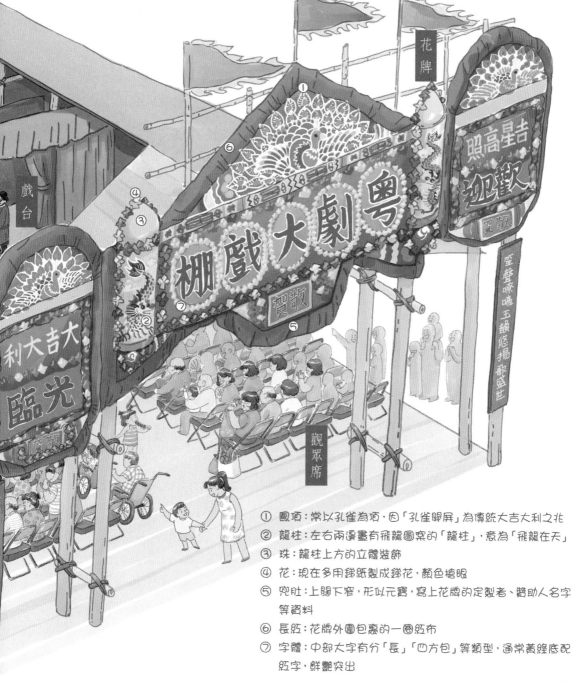

① 圖頂：常以孔雀為頂，因「孔雀開屏」為傳統大吉大利之北

② 龍柱：左右兩邊畫有飛龍圖案的「龍柱」，意為「飛龍在天」

③ 珠：龍柱上方的立體裝飾

④ 花：現在多用錦紙製成錦花，顏色搶眼

⑤ 兜肚：上闊下窄，形似元寶，寫上花牌的定製者、贊助人名字等資料

⑥ 長飢：花牌外圍包裹的一圈飢布

⑦ 字體：中部大字有分「長」「四方包」等類型，通常黃綠底配飢字，鮮艷突出

紮作工藝
Sculpting with Paper
◆ 一竹一紙總關情 ◆

　　正所謂「生，事之以禮；死，葬之以禮」，廣府人十分重視傳統禮節的儀式感。為了向新生表達祝願，向逝者表達敬意，廣府人把滿腔情義與祈願表達在了各式各樣的紮作工藝上。

　　孩子出生掛起的添丁花燈、慶典舞起的醒獅頭、祭祀儀式立起的大士王、元宵中秋提着的各式燈籠……都是由最平凡的一竹一紙製成，承載着廣府人一個個美好祝願。

開竹

破咇的竹篾用來做框架

把竹子削成直徑0.5厘米

左右的竹篾

竹篾

華光　華光先師俗稱「火神爺」，竹、紙等材料很容易引起火災，因此傳統紮作行業供奉華光，以祈求事業順利

花炮

彈火

用火烤一下竹篾，就可以固定弧度

520×130×140

83

傳統紮作以竹枝搭框架，以紗紙覆蓋成型，最後隨型着色。平凡普通的物料由紮作師傅的巧手，經過「紮、撲、寫、裝」四道工序，化成了立體精緻、神氣活現的工藝品。

紮
① 用竹篾紮出龍頭骨架
② 通過靈活把握竹篾的弧度來紮出龍頭飽滿、對稱的形狀

撲
① 先用漿糊浸濕紗紙，然後一張張貼在骨架上，顯現龍頭輪廓
② 紗紙的邊緣向骨架內部微微捲緊，使紙張繃緊飽滿

寫
① 以點、勾、撇等方式用毛筆為紮作上色
② 塗上一層光油以作保護，等待風乾

添丁燈 添丁燈形狀接近圓形,寓意團團圓圓。
每逢家裏添丁,人們會將嬰兒的名字掛
在燈下,意為把好消息傳遞給祖先

裝 傳統紮作的最後一步,安裝
閃片等裝飾物,讓紮作看起
來更立體耀目,一件紮作就
此完成!

大士王 大士王由竹架紙糊紮作而成,高約四米,
頭戴冠帽,頭頂置有觀音像,是傳統節日
盂蘭勝會裏的大型神像

慶典花炮

花炮是慶典活動上安放神位的神龕，源自幾百年歷史的客家花炮節。每逢農曆「二月二」或「三月三」，粵東和粵西的侗族、壯族、仫佬族等民族就會舉行熱鬧的搶花炮活動。清朝初期，政府頒佈了「遷海復界」的政策，促使大量客家人往南移往香港，為當地帶去了花炮的習俗。如今，香港在傳統花炮的基礎上，增添了許多不同類型的裝飾品和吉祥物，層層疊疊，繁而不亂，兼容並包。

花炮部件

背面結構

花炮組裝

為了方便組裝，師傅會先把支架斜放於地面，將分塊的花炮進行堆砌，最後再把支架豎起來

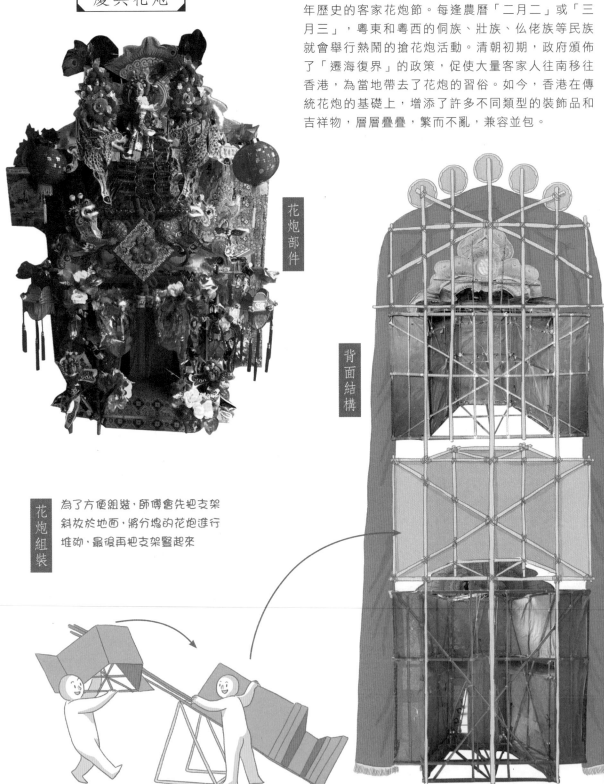

花炮一般有三層至五層

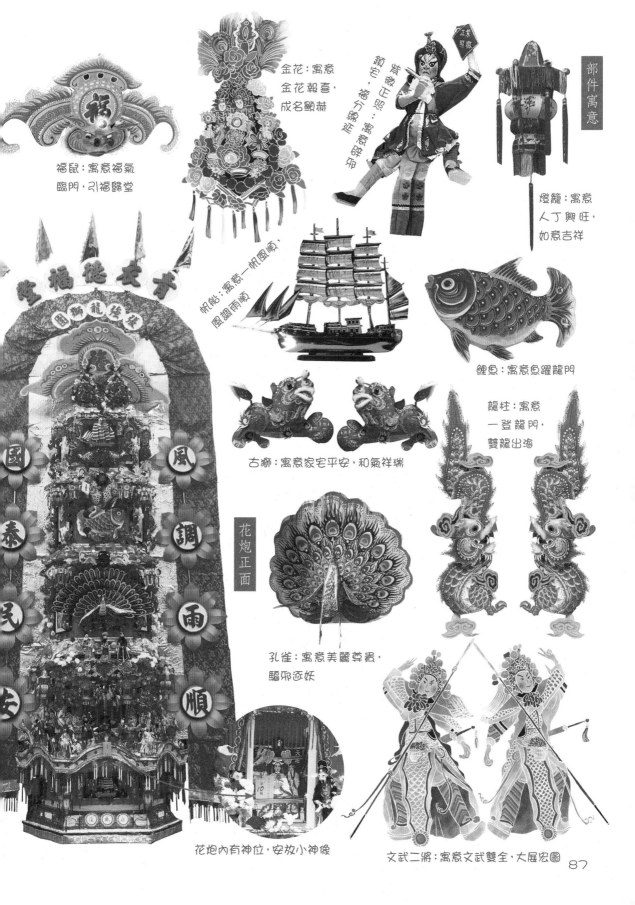

福鼠：寓意福氣臨門，引福歸堂

金花：寓意金花報喜，成名顯赫

聲、宅、思恩正發族……部傳承延續福邦

燈籠：寓意人丁興旺，如意吉祥

帆船：寓意一帆風順，風調雨順

鯉魚：寓意魚躍龍門

古獅：寓意家宅平安，和氣祥瑞

龍柱：寓意一登龍門，雙龍出海

花炮正面

孔雀：寓意美麗尊貴，驅邪逐妖

花炮內有神位，安放小神像

文武二將：寓意文武雙全，大展宏圖

87

香港青衣天后誕的花炮評選　　攝影：蔡啟光

古法染藝
Traditional Dyeing Technique
◆ 穿在身上的「軟黃金」◆

　　佛山順德是嶺南的魚米之鄉，有着悠久的養蠶繅絲業歷史。清代中期，人們充分利用當地的自然條件，發明出一種特色絲織品——香雲紗。

　　香雲紗又名「響雲紗」，本名「莨紗」，是一種古法染整工藝加工的絲織品。與原本的絲綢面料相比，香雲紗保留了輕薄涼爽的特性，質感上卻更硬朗挺括，輕盈作響，十分適合在悶熱潮濕的嶺南穿着。

曬莨的草坪要選用當地俗稱「爬地老鼠」的結實草種，既能承托綢子，又能保持潔淨

曬莨綢

每逢曬莨時節，香雲紗工坊裏，工人在草坪上鋪開曬莨綢，一片片莨雲在陽光的照耀下十分壯觀

塗河泥

抽河泥

河底的淤泥是香
雲紗質感蛻變的
催化劑

煮莨水

洗莨綢

曬好的莨綢泡入
河水中，洗去表
面多餘的河泥

煮薯莨的大鐵鍋

洗莨綢

浸泡莨綢

整染過程

　　香雲紗的整染凝聚天時地利，以及順德人的智慧和心血。染料取材自嶺南常見的植物薯莨，整染師傅根據顏色深淺的需要，煮製不同濃度的莨水。工人們把坯綢放入莨水中，反覆浸泡、熬煮、晾曬。再塗上珠三角富含礦物質的特殊河湧淤泥，令香雲紗的色彩和質感都產生巨大改變。

坯綢
如今香雲紗的坯綢選擇範圍更廣，紗綢等絲織品都可使用

薯莨
薯莨的根莖能提取出紅褐色的色素

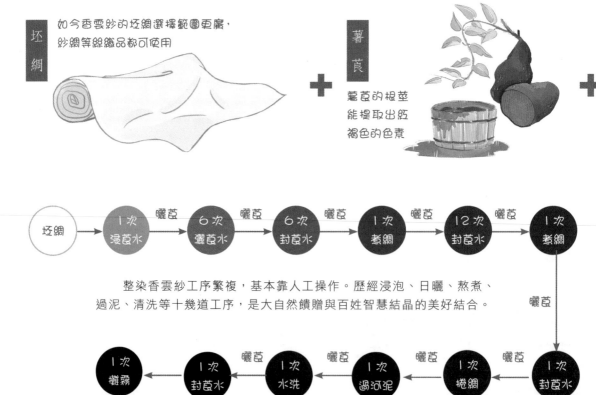

坯綢 → 1次浸莨水 →（曬莨）6次曬莨水 →（曬莨）6次封莨水 →（曬莨）1次煮綢 →（曬莨）12次封莨水 →（曬莨）1次煮綢 →（曬莨）1次封莨水 →（曬莨）1次捲綢 →（曬莨）1次過河泥 →（曬莨）1次水洗 →（曬莨）1次封莨水 → 1次攤霧

　　整染香雲紗工序繁複，基本靠人工操作。歷經浸泡、日曬、熬煮、過泥、清洗等十幾道工序，是大自然饋贈與百姓智慧結晶的美好結合。

河泥池　　　　　　　　　　　　曬莨綢

塗河泥要在陰涼處進行，否則
陽光會影響坯綢成色

河泥表面還能見到
褐色的鐵元素釋出

河泥富含鐵元素，與薯莨汁發生
反應，形成黑色沉澱物

河泥　　→　　莨紗綢

隨着加工次數的增多，坯綢的顏色逐漸加深，塗河泥的一面
會形成烏黑油亮的特殊塗層

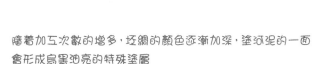
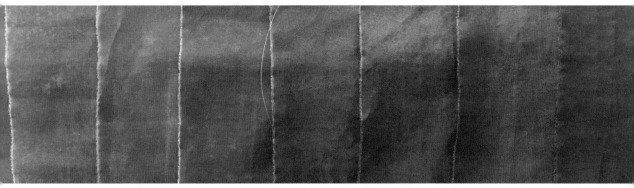

莨紗與莨綢

　　香雲紗的原料是紗、綢等絲質面料，用莨水染整後被稱為「莨紗綢」。根據面料織造方式的不同，可以分為莨紗和莨綢。

　　概括地説，表面有提花紋的絲織物，染整後被稱為莨紗，穿着更加通透涼爽；用平紋織造的坯綢，染整後有一層薄薄的黑膠，被稱為莨綢。

莨紗

在平紋上提出小花，有紋路卻密布細密小孔的絲織物

莨綢

平紋製織成坯綢，表面無紋路

上等的香雲紗一面黑色，一面黃褐色，正反異色是香雲紗一大特點

香雲紗輕薄涼爽、不沾皮膚，質地高檔的香雲紗輕薄涼爽、不沾皮膚，乾得快、晾起來又軟和、貼身合適。

低調的奢華

因為製作耗時耗力、穿着舒適清爽，故香雲紗有「軟黃金」之稱，成為清末民初上流社會的心頭好。香雲紗以素雅的黑色為主，雖然不如彩色的綢緞色彩艷麗、花式繁多，但富有光澤的質感、光照下細膩的紋路，盡顯低調奢華。

清末民初的貴婦們上影樓拍照都不忘穿上一襲色澤深沉的香雲紗

第八話 ◆ 祠堂慶典

隨着古代中原人南遷到嶺南地區，人們在這片「山高皇帝遠」的土地上修建祠堂、聚族而居，以家族為中心進行農事生產、繁衍後代、舉辦慶典聚會，形成濃厚強烈的宗族意識。如今一幢幢高樓大

廈簇擁著雕樑畫棟的宗祠建築，成為城市裏一道獨特的風景。每逢節日慶典，族人從各地趕來，聚集在各村祠堂，祭祖遊神、舞龍舞獅、圍桌聚餐，用熱鬧又有趣的儀式表達人們對美好生活的祝願和對宗祠文化的傳承。

廣府村落慶典圖

飄色巡遊
Traditional Parade
◆ 炫色巡遊 飄然欲飛 ◆

上閣表演者多為兒童，兒童體輕，可減輕抬閣者負擔。

遊湖借傘

　　當你到廣東的村落體驗節日慶典時，如果看到一群小神仙在空中飄過，不用太驚訝。在你眼前的，正是飄色巡遊的隊伍。

　　飄色是一種集戲劇、舞蹈、雜技、裝飾藝術於一體的民俗遊藝，源於酬神助興的表演活動。後來融入民間傳說、戲曲故事的情節，將孩子們裝扮成各路神仙和歷史名人，安置在可移動的高台上，被村民們推着走街過巷，形成飄色表演。

　　民間有句俗語：「女孩上過裝，婆家不用相；男孩上過裝，媳婦隨便相。」「上過裝」就是演過飄色的意思，孩子被選中演飄色對於整個家族而言都是值得炫耀的大喜事。

　　各處鄉村各處例，家族還保留祠堂的廣東人是既忙碌又幸福的。他們會回到祠堂拜太公，從廟宇請神出巡，在巷口等看醒獅採青，跟着飄色巡遊繞村，在祠堂裏外聚餐，到叔伯家串門，還要進行祭祀儀式。這些以宗族為中心的聚會，是一條無形的紐帶，牽縈着離鄉人對自己的身份認同和歸屬感，也是廣東民俗文化歷史的生動見證。

唔好喊啦！你好安全的

阿女，看這邊，笑一笑！

飄色通常在一個被稱為「色櫃」的流動小舞台上進行，在色櫃上第一層的演員被稱為「屏」，第二層的演員被稱為「飄」，男孩叫「色仔」，女孩叫「色女」。「屏」和「飄」之間用一根被服飾遮掩的「色梗」連接，構成故事的片段或場景。色仔、色女身穿廣繡戲服，從遠處看仿佛凌空而起，如同仙童駕雲而至，飄在空中，所以被稱為「飄色」。

飄

色梗巧妙地
隱藏在鞋子裏

色梗

屏

飄色原理圖

色櫃

哇！好厲害，他是
怎麼做到的？

唔使驚，
你一定唔會跌

觀音送子

飄色的造型大多取材於人們熟悉的古典戲曲、民間傳說、小說故事，如《獨佔鰲頭》、《八仙過海》、《觀音送子》、《昭君出塞》、《游龍戲鳳》等。這些故事反映了人們祈求風調雨順、吉祥如意的美好願望。

神獸起舞
Chimera Dance
◆ 千燈夜作魚龍變 ◆

中國人崇拜瑞獸的歷史由來已久。廣府地區各種節慶場合上，都能見到辟邪納福的醒獅起舞助興。除此以外，廣府人還會舞麒麟、鼇魚，以及鯉魚、仙鶴等，生動還原各類動物的形態和動作，妙趣橫生。傳統習俗的多元性和表現力反映的正是人與自然和諧共處的理想狀態。

跳高樁　醒獅在高度不一的樁陣上蹦跳飛躍，寓意翻山越嶺、排除萬難

廣東醒獅

　　早在漢代，人們就會在喜慶場合上舞獅助興。廣府人認為，「獅子」威水又醒目，所以叫作「醒獅」。它既是人們心目中吉祥的瑞獸，又被寄託着消災除害、求吉納福的美好意願。

採青

醒獅表演的尾聲，獅子要用嘴採摘一棵生菜利是，被稱為「採青」。利是，是主人家給獅隊的賞錢，和生菜捆在一起，是因為生菜諧音「生財」。廣東人愛講「意頭」，也愛玩「諧音梗」，做生意的商家會把各種不同寓意的「青」與利是搭配，讓獅子做出高難度的動作去採摘，意為在生意路上，排除萬難最終生財得利。

隨着醒獅文化的發展，採青的形式也越來越豐富。「青」除了指青菜，還指獅子要獵取的各種食物，如蛇、螃蟹、蜘蛛、蜈蚣等，獅子鬥五毒，寓意百毒不侵。

「青」也指「青陣」，就是獅子需要破解的陣式。這些青陣有傳統的踩梅花樁、盆青、凳青，也有驚險刺激的爬高杆、跳高樁、疊羅漢……這一系列儀式都是為了表現獅子勇往直前、不畏險阻的精神。

採青

大蒜：精打細算
芹菜：勤勤懇懇
青蔥：聰明伶俐
利是：利利是是
橘子：大吉大利

採盆青

普通人家最不缺的「砂煲罌罉」（粵語，即鍋碗瓢盆），同樣能被擺成青陣。醒獅要踩過青陣，最終從盆中採青。

採高青

我們通常「打孖上」

北獅

我頭大口大，
笑口常開

「白眉大俠」
說的就是我！

佛椿獅

青獅

醒獅朋友圈

正所謂一方水土養一方人，
「獅子」也不例外。無論是長江
以北的北獅，還是廣東佛山的佛
椿獅、鶴山的鶴椿獅、揭陽的青
獅，外貌都各有特色。

別看我嘴哥哥，
同樣威水機關，其實

鶴椿獅

採蛇青

採青路上遇到「毒蛇」
攔路，「吞下」毒蛇寓意驅
邪避害。

105

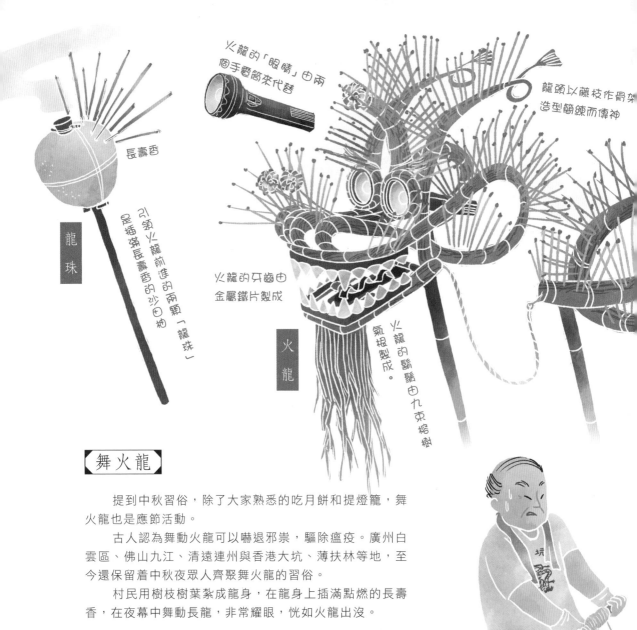

火龍的「眼睛」由兩個手電筒來代替

龍頭以藤枝作骨架造型簡練而傳神

長壽香

龍珠

引領火龍前進的兩顆「龍珠」是插滿長壽香的沙田柚

火龍的牙齒由金屬鐵片製成

火龍

火龍的鬍鬚由九束榕樹氣根製成。

舞火龍

　　提到中秋習俗，除了大家熟悉的吃月餅和提燈籠，舞火龍也是應節活動。

　　古人認為舞動火龍可以嚇退邪祟，驅除瘟疫。廣州白雲區、佛山九江、清遠連州與香港大坑、薄扶林等地，至今還保留着中秋夜眾人齊聚舞火龍的習俗。

　　村民用樹枝樹葉紮成龍身，在龍身上插滿點燃的長壽香，在夜幕中舞動長龍，非常耀眼，恍如火龍出沒。

用於固定的珍珠草

大坑村民為龍頭插壽香　　　　　攝影：蔡啟光

106

火龍的龍頭、龍身和龍尾由一條
粗麻繩相連，舞動時更加靈活

香港大坑村的舞火龍傳統已經有 130 多年歷史。如今，
大坑村已成繁華都市，不少村民遷居外地，但舞火龍的傳統
依然每年延續，成為凝聚鄉情的節俗文化。每年中秋節前，
各地村民自發地回到家鄉，參與紮火龍、舞火龍。

珍珠草

珍珠草是大坑火龍
的主要原材料

紮火龍的乾草通
常因地取材，大坑村
用珍珠草，有的地方
會用榕樹枝、稻稈等

蓮花宮是大坑村民世世代代供奉觀音的廟宇。每年大坑火龍起舞前，都要先到蓮花宮舉行開光點睛、簪花掛紅的儀式，為火龍賦予靈氣

鑼鼓一響，火龍舞動！在花燈隊與音樂團的伴隨下，數百個壯漢接力舞動火龍遊街串巷，巨龍在夜色中閃耀着點點火光。

大坑火龍活動為期三天，期間還有「火龍過橋」、「火龍纏雙柱」、「彩燈火龍結團圓」、「打龍餅」等精彩表演。

農曆八月十六日晚上，舞火龍迎來最後一項儀式——「龍歸天」。巡遊隊伍逆時針繞行大坑村一圈後，會把火龍投入海中，表示活動的結束。為了避免污染海水，待儀式結束後會把火龍撈上岸進行處理。

伴隨舞火龍隊伍的，是一支由
二十多名兒童組成的紗燈隊

大坑火龍

老 廣 新 游

中秋夜當然少不了花燈的點綴，紗燈隊手擎花牌、
雲紗燈，提着蓮花燈，與火龍相伴巡遊

舞醉龍

每年農曆四月初八，是澳門鮮魚行業的盛事。澳門魚行行友們會在這天齊聚，從三街會館出發，巡遊至各街市、漁欄。所到之處、鑼鼓喧天、鞭炮齊鳴、酒香彌漫，沿途觀眾都在為這群賣力表演的壯漢歡呼喝彩。

醉龍舞者頭纏紅紗，襞上醉龍的同款頭飾——金色狀元花，以示對醉龍的尊敬

舞醉龍的舞者通常是有武術功底的男性

行友們手中舞動着木製的龍頭和龍尾，邊舞龍邊飲酒，時而將酒噴向空中，龍和人都在酒霧裏穿行遨遊，澳門魚行醉龍節的舞醉龍每年吸引着眾多中外遊客共享酒香。

舞醉龍最早源於廣東香山（今中山市）的民間祭祀儀式，隨着部分香山縣居民移居澳門，從事魚類買賣行業的漁商漁販也把這一習俗帶到了澳門。

節日當天，無論是漁欄老闆，還是傭工夥計，不分彼此，積極參與。各人舞醉龍時眼神堅定，舞步穩健，人龍合一。酒香中，鑼鼓聲中，如幻如真的場景，引人入勝。

舞醉龍的道具十分簡單，每條醉龍由兩截用硬木雕成的龍頭和龍尾組成

舞麒麟

舞龍舞獅見得多，但你見過舞麒麟嗎？在廣東，不少鄉村有舞麒麟的傳統。相傳孔子誕生之夕，有麒麟吐玉書於其家，於是古人認為麒麟出沒，必有祥瑞。

古人以麒麟比喻才能傑出、德才兼備的人，也有添丁之意。因此舞麒麟在求子風氣盛行的地區更受歡迎。

舞麒麟的習俗在深圳、東莞、惠州、廣州、海陸豐地區和香港等多地流行，大概分為客家和海陸豐兩種風格的麒麟。

麒麟角

額上寫着製作坊的名字

眼睛、嘴和角以外都貼滿亮片

繪有花紋和金錢圖案

海陸豐麒麟

以綠色為主色調，眼窩牙大，金色大獨角上畫有八卦圖案，主要用火焰紋和雲紋裝飾

舞麒麟前的祭祀儀式　　　　　　香港舞麒麟　　　　　攝影：冒卓祺

舞麒麟樂器

銅鈸

銅鑼

梆鼓

各地舞麒麟的演奏樂器略有不同，但通常以鑼、鼓、鈸、嗩吶為主

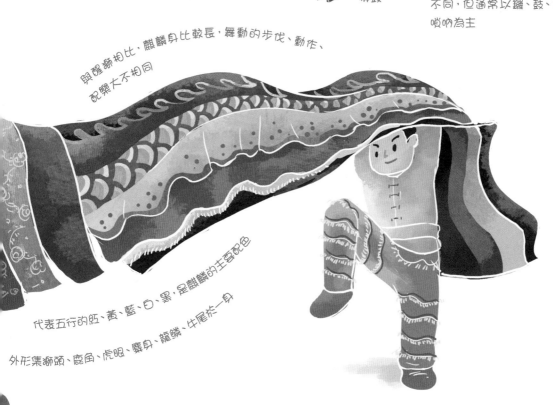

與醒獅相比，麒麟身比較長，舞動的步伐、動作、配樂大不相同

代表五行的紅、黃、藍、白、黑，是麒麟的主要配色

外形集獅頭、鹿角、虎眼、麋身、龍鱗、牛尾於一身

鄉俗各不同

除了舞龍、舞獅、舞麒麟以外，在嶺南的不同村落裏，還保留着各種節慶習俗，如番禺沙湧的鼇魚舞，深圳、香港一帶的魚燈舞，珠海三灶的鶴舞等等。各種表現形式爭奇鬥艷，構成一幅精彩紛呈的廣府風情畫。

雌鼇魚

雌鼇魚是芙蓉尾，魚身以藍綠為主

鼇魚舞演繹了「獨佔鼇頭」的故事，表達人們期望子孫能像魁星一樣學業有成

魁星

三灶鶴舞

每逢新春，仙鶴挨家挨戶
恭賀送福

雄鰲魚是葵扇尾，
魚身以紅色為主

雄鰲魚

115

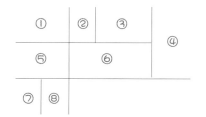

① 香港舞麒麟　攝影：冒卓祺
② 香港舞麒麟紮作　攝影：冒卓祺
③ 香港大坑舞火龍——打龍餅　攝影：蔡啟光
④ 順德樂從鎮葛岸村飄色巡遊　攝影：岑小可
⑤ 澳門魚行舞醉龍　攝影：陳健光
⑥ 醒獅跳高台　攝影：王大欣
⑦ 澳門魚行舞醉龍開光　攝影：陳健光
⑧ 大頭佛　攝影：王大欣

第九話 ◆ 粵韻南音

民間曲藝是人們對社會生活的感性反映。在廣府地區的千年歷史長河裏，遷移至此的中原人帶來了厚重的中原文化，豐富多彩的海外文化隨着貿易港口的繁榮紛紛乘船而至。包容的廣府人將它們與原生的

百越文化充分融合，碰撞出富有嶺南地方特色的戲曲藝術。「南國紅豆」的粵劇享譽天下，木魚歌、龍舟歌、南音、粵謳等餘音繚繞。絢爛多彩的民間曲藝深深地根植於廣府人的生活之中，廣府人的生活、情感、審美情趣在唱音中充分表達，滋養着一代代廣府人的精神生活。

南國紅豆

Cantonese Opera

◆ 唱作念打 粵韻留聲 ◆

粵劇，又稱「廣東大戲」，流行於兩廣及港澳等使用粵語的地區。明清時期，外地的戲班經常會來廣州演出，使本地藝人能吸收各地的劇種風格。經過幾代粵劇人的傳承，廣東民間音樂、粵語方言，甚至西方樂器等各種文化融匯其中，使粵劇具有獨有的面貌和氣質。

一桌兩椅

傳統戲劇舞台，空間不大，資源有限，因此有了一種簡單又富有空間想像的舞台設置方式。

一桌兩椅，看似簡單，卻足以衍生出千變萬化的象徵意境。經過組合搭配，就能幻化出客廳、書房、公堂、將台，可以是小戶人家，也可以是高堂大宅，甚至能表現山川城池等環境。演員通過表演表現環境，觀眾通過想像感悟內涵，共同成就傳統戲劇之美。

早期的粵劇角色劃分為十大行當：一末、二淨、三生、四旦、五丑、六外、七小、八貼、九夫、十雜，形成一套完整的演繹人設體系。

20世紀20年代，粵劇戲班演員分工變為「六柱製」。這六位台柱演員，分別是武生、文武生、正印花旦、小生、二幫花旦、丑生。這種分工相當於戲班的演員崗位設置，劃分了演員飾演的幾種角色。

十大行當

末

掛白鬚、黑鬚的中老年男性角色

淨

二花面，粗獷威武、忠正剛直的武將，如張飛、關羽等

外

大花面，勾畫白面的反派，如曹操、董卓等

小

年輕的正派男角色，文人雅士稱為小生，演武戲的稱為小武

生

正派男性角色，正生是中壯年文人，武生是中壯年武士

旦

正旦，與京劇的青衣相似，主要是端莊賢惠的少婦

丑

男女丑角，插科打諢的配角

貼

貼旦，次於正旦的旦角，多為年輕、貌美、機靈的女子

夫

夫旦，如佘太君等老年婦人，用真嗓（平喉）演唱

雜

手下、丫鬟等無名配角

粵劇妝身

粵劇演員除了在台上能文能武，在台後還需要親自化妝。傳統戲劇的化妝程序十分繁複，為了突出角色形象，化妝前還需用勒水紗、黏吊眉、包網巾、貼片子等手段來修飾演員的面型。演員熟知每個角色的妝容搭配，從頭到腳的裝扮井然有序，一絲不苟。

掛鬚

吊眉 用吊眉膠紙黏住眉毛的尾部，提升面部的精氣神

畫眼

包髮 用網包把頭髮包起來，再用戚眉帶鄉住頭部

水衣 演員穿戲服前要先穿一層水衣，以免汗水滲進戲服

上粉 演員會選用白色的粉底為妝容上底妝，以突出後續的妝面效果

描眉 眉毛要畫得長且向上翹以提升人物氣韻

化妝用品

髮片貼在額頭或臉側，能修飾臉型

頭飾：正鳳

戴頭飾

側鳳

貼片子

黏髯

髮帶

片子

刨花水

用髮帶在頭上繞一圈，固定片子的位置

貼在面頰兩側的大綹

刨花水是古人發明的頭髮定型劑，原料是榆木，古人用這種天然黏合劑給頭髮定型。

如今戲曲演員貼片子，用的也是刨花水將片子浸濕，固定在頭上。

把長條形的薄片，放在水裏浸泡一段時間，表面就會有膠狀物出現

榆木片

粵劇服裝

　　演員化好妝後，就可以開始穿戲服了。粵劇戲服款式，是在明代衣冠式樣的基礎上改良的，可以分為蟒、靠、褶子、開氅、官衣、帔、衣等七類。早期粵劇行當裏有「寧穿破莫穿錯」的説法，不同的角色性格、階級地位，需要搭配相應的服裝和道具，絕不能張冠李戴。

旗杆

天然野山雞羽毛做的翎子

武將帽子盔頭

牛皮旗架

壓鬢帽

靠旗

雲肩

靠肚

護領

水衣

演員把馬鞭的把手處朝上，手握馬鞭中部，就表示騎馬而行

棉衣

馬鞭

甲裙

雲襪

水褲

高靴

鞋面呈黑色，厚底方頭高翹，故也稱「黑高靴」

男大扣

男大扣通常是武生所穿，
頭戴大額子，手拿單頭槍，穿戴
時插靠旗，全副武裝，八面威風，
處於臨戰狀態

情侶裝

現代人流行訂製情侶服、親子服，在粵劇舞台上，角色們的「情侶裝」非常明顯，如《帝女花》中的長平公主和周世顯，他們的戲服通常採用相同的顏色、配套的花紋圖案，與兩人的情侶關係相呼應。這種專門為具體劇目、角色、場次設計的個性化戲服，也是戲班向觀眾炫耀「箱底厚」的資本。

長穗

鳳冠：皇后、公主、貴妃等女性角色佩戴的盔頭。皇后和公主的「五鳳冠」識別度很高

頭帕

女蟒

女蟒是戲中女性貴族的禮儀服裝，多為丹鳳朝陽、風采牡丹等圖案，盡顯雍容華貴

領仔

雲肩

水衣

玉帶

水袖

百褶裙

水褲

繡花鞋

這些角色也穿情侶裝：
《紫釵記》李益、霍小玉
《鵲橋會》牛郎、織女
《雙仙拜月亭》蔣世隆、王瑞蘭

紗帽

駙馬枘：為戲
中駙馬專用

護領

穗

襯衫

男蟒　男蟒是戲中王侯將相的禮儀服裝，袍長至腳，衣身圖案多為雲龍、團龍、獨龍等，以示莊重威嚴

棉衣

水衣

玉帶

水褲

高靴

男蟒服上的龍爪是有講究的，一般官員只能穿「四爪金龍」，只有九五之尊的皇帝才能穿「五爪金龍」

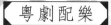

粵劇配樂

　　粵劇演出有「Band 隊」現場配樂，他們位於舞台側面，行內人稱之為「棚面」。粵劇演奏的樂器除了傳統的民間樂器外，也因為廣府地區多受外來文化影響，在近代大膽加入了西洋樂器，如小提琴、大提琴、色士風等，既保留了傳統戲曲的韻味，亦有中西合璧的先鋒「潮味」。

銅鈸

簫

月琴

揚琴

形如滿月，音色清脆、穿透力強

花盆鼓

銅鑼

鼓面大、鼓底小，形如花盆。聲音低沉雄壯，能為戰爭場面加重氣氛

竹板

小鼓

工尺譜

粵劇中用的是一種叫「工尺譜」的樂譜，用「四、一、上、尺、工」等來表示音階「do、re、mi、fa、sol」，而且「尺」不讀 chi，而讀 che！

131

粵劇行業不斷創新，近年還有 4K 粵劇電影出現，但有一種劇目，卻源遠流長，古腔猶存，這就是傳統「例戲」。

　　「例戲」顧名思義是遵循慣例要演的戲。逢年過節，戲班到新地演出，在演正本戲前，必先演「例戲」，以酬神敬神、祈福納吉。例戲通常是《六國大封相》、《八仙賀壽》、《天姬送子》等吉祥喜慶大團圓結局的劇目。

六國大封相

　　《六國大封相》是戲班開台首晚必演的例戲。這部戲講述了戰國時期，蘇秦成功遊説齊、楚、燕、趙、韓、魏六國結盟抵抗強秦的故事。由於角色行當眾多、場面宏大，也被譽為戲班「曬班底」（展示班底實力）的名劇目。

六國夫人

胭脂馬

傳統例戲如今仍保留「古腔」，即用一種接近北方方言的「戲棚官話」演唱和念白。雖然古腔不易懂，但也能欣賞例戲裏的傳統粵劇功架。如正印花旦的推車、老生的坐車、刀馬旦的胭脂馬、五軍虎的馭馬翻撲，還有羅傘架、桃花女架、降龍伏虎羅漢架等等，都是大小行當的拿手好戲。

馬童

「推車」是《六國大封相》裏的經典橋段，公孫衍的扮演者根據角色定位設計動作，深受觀眾喜愛

公孫衍

推車女

車旗

粵講粵有戲

相信大家已經能感受到，這門傳承百年的戲劇藝術的深厚魅力。但千萬別認為，古老的粵劇文化離如今的生活十分遙遠。其實，不少我們常說的粵語俗語、俚語，都與粵劇有着千絲萬縷的聯繫。

撞板——出錯、犯禁忌

粵劇樂曲的節拍被稱為「叮板」。演員若沒有嚴格按規定的節拍演唱，就會不合叮板，稱為「撞板」。

度橋——出主意

戲班的開戲師爺（劇作家）構思戲劇情節，稱為「度橋」，即思考、揣度橋段。日常生活中，「度橋」又指想辦法、出對策等。高明的辦法和對策會被稱為「好橋」。

米飯班主——老闆

舊時粵劇藝人完全靠演出「搵食」。作為發工資的戲班老闆會請戲班演出的僱主，以及買票看戲的觀眾，對於粵劇藝人而言都是能讓自己開飯的「米飯班主」。

耍花槍是粵劇的表演動作，兩人互持花槍對打，台上只注重動作花式，而不是真打實鬥，用來形容情侶夫妻間的打情罵俏最適合不過

例 好心你兩公婆一把年紀就唔好耍花槍了！

耍花槍

打情罵俏

六國大封相

場面混亂

形容由人為原因故意引起的混亂，使場面一發不可收拾，就好像粵劇例戲《六國大封相》中，六國元帥同時出場，矛盾一觸即發

例 大家隔離鄰舍，就唔好搞到六國大封相咁了。

空心老倌

表面風光

粵劇行業中有名氣的演員被稱為「大老倌」，而「空心老倌」就形容表面風光闊綽，實際經濟能力沒那麼高的人

例 小心一點，他這種空心老倌就是想空手套白狼。

粵調說唱
Cantonese Vocal Songs
◆ 古調曲中吟 道盡人間世 ◆

涼風有信，秋月無邊，思嬌情緒好比度日如年。
小生繆姓蓮仙字，為憶多情妓女麥氏秋娟。
見佢聲色性情人讚羨，更兼才貌兩相全。
今日天各一方難見面，是以孤舟岑寂晚涼天。
你睇斜陽照住個對雙飛燕，斜倚蓬窗思悄然。
耳畔聽得秋聲桐葉落，又只見平橋衰柳鎖寒煙……

　　　　　　　　　——《客途秋恨》

清末印書堂號——五桂堂單行本刊
刻《客途秋恨》

看過香港電影《胭脂扣》的朋友，應該都
記得電影裏，梅艷芳飾演的如花和張國榮飾演的
十二少，在煙花巷裏邂逅這一幕，唱的便是這首
「南音」名曲——《客途秋恨》。

南音，是一種古老的粵語説唱音樂，在清末年間開始出現於珠三角一帶，20 世紀初最為流行，至今已式微。

南音既有講述個人坎坷、兒女情長的作品，用詩詞般的優雅辭藻，婉轉地唱出離愁別緒；也有描述市井生活的作品，用通俗平實的唱詞，描繪出一幅幅清末民初嶺南生活的風俗畫。

由於是用方言演唱，南音在廣府地區傳播廣泛，吸引眾多文人歌者參與創作，廣府説唱文學因南音而走向成熟。

地水南音

南音也被稱為「地水南音」，「地水」本是卦名，以往失明人士大多從事占卜算卦和唱曲賣藝職業，人們便以卦名作為對盲人的別稱，所謂「地水南音」意思就是失明樂師唱的南音。

演唱地水南音的盲人樂師也被稱為「瞽師」，因「瞽」（gǔ）這個字，在古代是樂師的意思，也有盲的意思，用「瞽」來作為盲人樂師的尊稱很適合。

請留步！
等老夫贈你兩句！

卜師

瞽師

涼風有信，秋月無邊

虧我思嬌情緒好比度日如年

孤舟岑寂
晚凉天
斜倚蓬窗
思悄然
耳畔聽得
秋聲桐葉落
又只見
平橋衰柳
銷寒煙

杜煥

138

南音絕唱

　　談到地水南音，不得不提及的代表人物就是瞽師杜煥，他生於 1910 年，被譽為香港最後一位地水南音大師。其顛沛流離的一生，見證了地水南音的興衰盛亡。

　　杜煥幼年失明，少時在廣州學習演唱地水南音，後來前往香港各大娛樂場所賣唱。

　　20 世紀 50 年代，杜煥被電台邀請到南音節目表演，吸引數以萬計聽眾收聽，使南音得到廣泛傳播。直到 70 年代初，電台南音節目停播，他回到街頭繼續賣唱。

　　杜煥晚年受學者榮鴻曾教授邀請，在香港富隆茶樓錄製經典南音曲目《客途秋恨》、《男燒衣》以及自述一生經歷的《失明人杜煥憶往》等共 42 小時的現場演唱原聲。

　　錄音中保留了現場叫賣聲、鳥鳴聲和眾人低語聲等茶樓環境聲。

　　1979 年，杜煥病逝，這段珍貴的錄音，成了他的南音絕唱。

杜煥能左手打拍板、右手彈古箏，同時口中唱南音，一心三用的表演特色至今仍為人稱道

南音名曲

客途秋恨

清道光年間，廣州富商葉瑞伯將失意文人繆蓮仙與歌女麥秋娟的相戀故事，寫成《客途秋恨》。20世紀20年代，編劇家黃少拔將其改編成粵劇，仍以南音演唱。《客途秋恨》先後由白駒榮、杜煥、新馬師曾、阮兆輝等曲藝名家演唱，被多部影視作品引用，傳唱度非常高。

男燒衣

「燒衣」是傳統的祭奠習俗。《男燒衣》以癡情男子的口吻，唱出對亡故情人的追思。他邊唱邊燒祭品，包括杭州的被鋪蚊帳、雷州的煙斗以及特殊的「芽蘭帶」，都極具時代和地域特色。《男燒衣》歷來被眾多曲藝名家演唱，其中粵劇名家白駒榮演唱的版本堪稱南音經典。

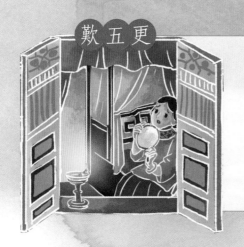

歎五更

　　《歎五更》曲名源於民間小調「五更調」，由清代文人何惠群創作。曲中講述一名女子懷人對月，一更一歎抒發心酸之情。當中提到的望夫山、芙蓉岸、漱珠橋、海幢鐘、海珠鐘、海角紅樓等，都是如今已消失的廣州地標，展現晚清時期珠江的兩岸景致。

閔子騫御車

　　故事源於《二十四孝》中的「蘆衣順母」，講述閔子騫的故事。他被繼母苛待卻不計前嫌，說服父親放棄休妻。廣州番禺沙灣的瞽師陳鑒，以自創的平腔南音進行演繹，把帶有說教意味的故事唱出人情味，讓聽者產生強烈的代入感。

掃一掃，聽南音

花艇

粵謳解心

除了南音，廣府地區還流行一種女子演唱的説唱曲藝——粵謳。她們以琵琶伴奏，唱腔一轉三歎，隨心隨意地抒發心聲。

清嘉慶、道光年間，馮詢、招子庸等思想開明、浪跡在珠江風月場上的文人，參與粵謳創作中。他們提升了粵謳的文學性和藝術性，使粵謳響徹珠江花舫、曲巷茶樓之間。

清水燈芯煲白果
果然青白
怕乜你心多
白紙共薄荷
包俾過我

《結絲蘿》
　　1828 年，招子庸編撰出版《粵謳》，成為現存最早、最系統地完善保存、收錄粵謳的著作。書中收錄了 100 多首珠江河畔歌伶所唱的粵調説唱，《結絲蘿》就是其中一首。曲中借用一系列雙關語，表達一名女子對薄情男子始亂終棄的控訴。

掃一掃，聽粵謳

龍舟說唱

早在南音和粵謳出現之前，龍舟說唱已經在順德一帶興起。

清乾隆年間，珠三角經濟繁榮，百姓娛樂方式豐富多樣。一些說唱藝人為謀生計，挨家挨戶唱祝福頌詞，以博取賞錢和食物。龍舟說唱藝人最大的特點是手執木雕小龍舟，胸前掛着一鑼一鼓，一個人一台戲。

龍舟說唱多為藝人自編自唱，除了唱平安祝福語，說唱的內容還包括神話傳說、民間故事、時事聽聞等。由於使用方言演唱，又摻雜很多俚語俗語，龍舟說唱備受百姓喜愛，一度風靡嶺南水鄉，稱得上是地道的「草根文化」。

各人聽過呢
段嘅歌音果
然的確係有
心人呢啲係
舊時嘅藝術
品所以感領眾
人一點心希望
你哋眾人行好運如
今老幼個個爽利精神

小小龍舟暗藏機關，船上
小人能夠齊齊劃槳，龍舟
就順利起航啦！

哇！龍船上的
人仔會動！

在水鄉順德，龍舟象徵
吉祥喜慶、順風順水。

《泮塘五秀》

廣州西關地區的特產——蓮藕、慈姑、茭筍、馬蹄和菱角，被合稱為「泮塘五秀」，是廣州人非常熟悉的地道風物。廣州龍舟說唱藝人崔大綸就以泮塘五秀為主題，創作了這首語言生動諧趣、朗朗上口的說唱曲目。

掃一掃，聽龍舟

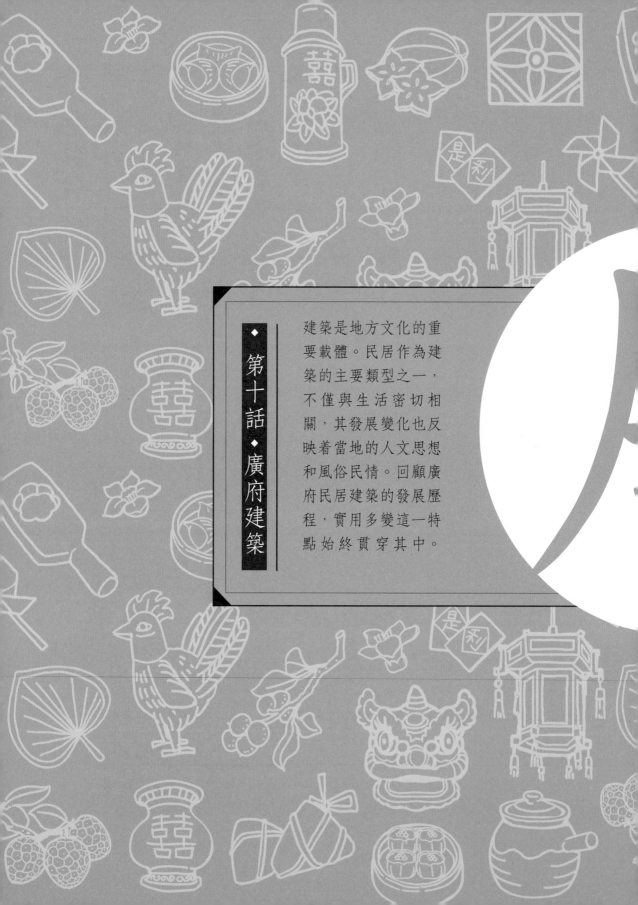

第十話 · 廣府建築

建築是地方文化的重要載體。民居作為建築的主要類型之一，不僅與生活密切相關，其發展變化也反映着當地的人文思想和風俗民情。回顧廣府民居建築的發展歷程，實用多變這一特點始終貫穿其中。

廣府先民為了應對炎熱潮濕的氣候環境，充分利用嶺南自然資源，設計建造出具有防潮防火、陰涼通風功能的民居。隨着嶺南文化與中原文化的交流融合、中西方文化的碰撞交融，廣府建築更是在保持本土文化特色的基礎上，吸收多元的外來文化，形成具有獨特風格的建築藝術。

廣府民居
Traditional Architecture
◆ 精美豪宅 冬暖夏涼 ◆

古代廣州民居已經較難尋覓，但一些漢墓出土的明器，可以為我們了解昔日廣府傳統民居提供參考。

古代嶺南氣候高溫多雨，毒蛇鼠蟻較多。為了防風避雨，躲避毒蟲的侵襲，廣府先民逐漸摸索出適應地理環境和氣候的居住方式。

巢居：遠古時期，人們模仿飛禽築巢，在樹上用樹枝搭架而居

杆欄式：由巢居發展而來，用結實的竹木抬升居住空間。人住在上層能防潮避蟲，下層用來飼養家畜

曲尺式：建築平面呈曲尺形，兩間房屋分別為主屋和廁所。後院用矮牆圍起，以飼養牲畜

東漢墓葬出土的曲尺式陶屋（廣州博物館藏）

三合式

樓閣式

由三幢房子組成「凹」字形佈局，正中的堂屋住人，兩側的廊屋分別是廁所和牲圈，後方矮牆圍起的地方則為後院

樓閣式建築規模更大，整體佈局左右對稱。除了有下層日常生活的廳房、院落，上層還加建了閣樓

三間兩廊

三間兩廊式是廣府地區最具代表性的民居建築形式，是在文化和氣候等多種因素的影響下形成的。

遷居嶺南的中原移民，帶來先進的建築技術、文化觀念，改變了廣府先民「人畜混住」的居住模式。同時，人們在漢代三合式房屋的基礎上，改進建造材料和房屋結構。青磚替代木樑、夯土材料，令房子更結實牢固。結構上，適應嶺南炎熱多雨的氣候，更注重空氣流通和消暑散熱。

三間兩廊

「三間是指房屋內橫向並排的三開間，中間為廳堂，兩側為居室。「兩廊」則是指廳堂前的天井兩側的空間，通常用作廚房和雜物房

以三間兩廊為建築基礎組合成的建築群

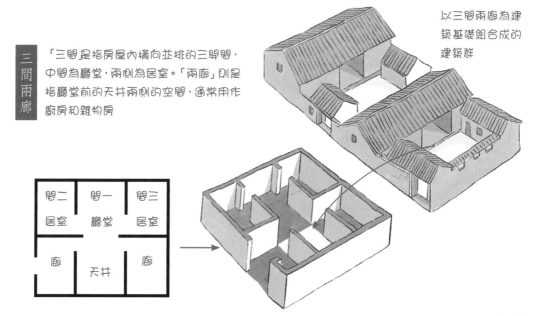

間二 居室	間一 廳堂	間三 居室
廊	天井	廊

納涼有道

　　廣府地區氣候潮濕悶熱，過去既沒有風扇又沒有空調，通風散熱是人們設計和興建住宅時關注的重點。經過長期探索和實踐，廣府人能運用各種通風手段帶走室內的熱量和濕氣，置換新鮮的空氣，從而降低室內溫度和濕度，提升居住舒適感。

冷巷　冷巷一般為南北走向的走廊，巷道狹窄且兩側牆體高。夏季風吹過時，冷巷能使風速加快，高牆的陰影還能讓巷道裏的空氣變得更涼快

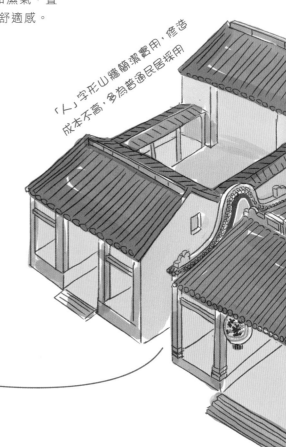

「人」字形山牆簡潔實用，修造成本不高，多為普通民居採用

廳堂　廳堂通常為敞開或半敞開式，與天井連成一片，使室內空氣流通更加順暢

用活動的格扇分隔空間較大的廳堂，開合格扇可以調節廳堂的通風量

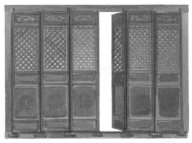

居室

廳堂

天井

廊

鑊耳

鑊耳屋的根基由花崗岩或砂岩砌成,百年來屹立不倒

天井雖然面積不大,卻是三間兩廊式民居通風採光的關鍵所在

熱空氣上升

山風

水塘

廣府村落造型獨特,一眼就能認出。屋頂兩側的山牆高高凸起,一層層鑊耳架在牆上。鑊耳象徵古代官帽的兩耳(也就是帽翅),只有取得功名或出過高官的家族才能建鑊耳屋。後來,經商發財的家族也會建造鑊耳屋來顯示其氣派。

廣府傳統村落規劃觀念講究坐北向南,靠山面水。民居建築整齊排布,巷道曲直井然。從高處看,如棋盤一樣規整有序。村前水塘與村後山林的涼風,沿着冷巷(走廊)從民居的側門進入屋內,天井的熱空氣上升,實現冷熱空氣交換,達到通風的效果。所謂風水寶地,大抵如此。

149

通風妙招

　　獨有的趟櫳門、色彩絢麗的滿洲窗、房前屋後精緻的漏花窗和隔斷等，不僅展現了廣府地區的工藝水平與藝術特色，更兼具實用價值，是廣府人居家取涼的「小法寶」，無不體現出廣府人的智慧與品位。

矮腳門

趟櫳

木門

山牆通風窗

正門三件套

趟櫳門

　　標準的趟櫳門由三道門組成，從外到內依次為矮腳門、趟櫳、大門。

　　打開硬木大門，風能透過趟櫳吹入室內，矮腳門能遮擋過路行人的視線，在實現室內通風採光之餘，保障家宅安全和住戶隱私。

漏花窗

用磚瓦或陶瓷製成，好看又通風

150

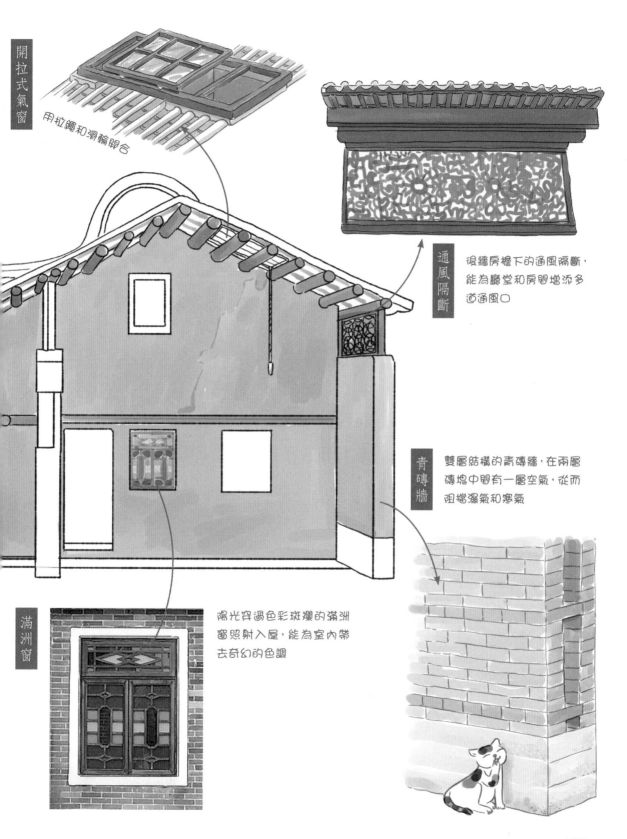

開拉式氣窗
用拉繩和滑輪開合

通風隔斷
後牆房檐下的通風隔斷，
能為廳堂和房間增添多
道通風口

青磚牆
雙層結構的青磚牆，在兩層
磚塊中間有一層空氣，從而
阻擋濕氣和寒氣

滿洲窗
陽光穿過色彩斑爛的滿洲
窗照射入屋，能為室內帶
去奇幻的色調

西關大屋
Xiguan House
◆ 精美豪宅 冬暖夏涼 ◆

　　西關大屋是清末豪門富商在廣州城西「西關角」（今荔灣區）一帶興建的傳統民間住宅。房屋多為磚木結構、青磚石腳，高大正門用花崗石裝嵌。設計規劃上，西關大屋沿襲「三間兩廊」的結構，中間為廳堂，兩側為居室，沿中軸線對稱。趟櫳、天井與兩廊構成自然通風系統，形成穿堂風，起到冬暖夏涼的效果。

陽台

趟櫳門

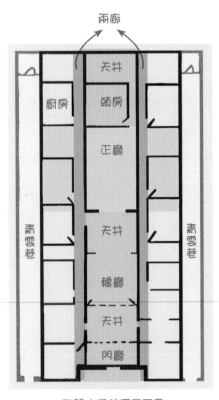

兩廊

廚房

天井
頭房
正廳
天井
轎廳
天井
門廳

青雲巷　　青雲巷

西關大屋首層平面圖

① 門廳
　　相當於玄關，用木製屏風門與前天井相隔
② 前天井
　　用開合式透光天窗控制通風
③ 排水口
　　銅錢狀的排水孔寓意「聚財」
④ 轎廳
　　舊時達官貴人來訪時，下轎的地方

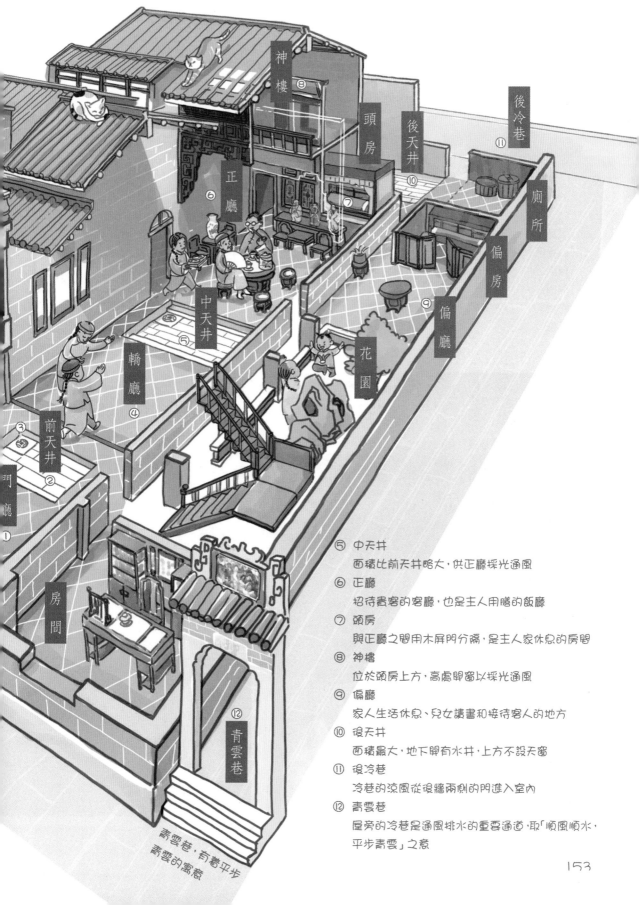

神樓 ⑧

頭房

後天井

後冷巷

正廳 ⑥

厠所

⑪

偏房

⑦

偏廳

⑨

⑩

中天井 ⑤

花園

轎廳 ④

前天井 ②

門廳 ①

③

房間

⑫ 青雲巷

⑤ 中天井
　面積比前天井略大，供正廳採光通風

⑥ 正廳
　招待賓客的客廳，也是主人用膳的飯廳

⑦ 頭房
　與正廳之間用木屏門分隔，是主人家休息的房間

⑧ 神樓
　位於頭房上方，高處開窗以採光通風

⑨ 偏廳
　家人生活休息、兒女讀書和接待客人的地方

⑩ 後天井
　面積最大，地下開有水井，上方不設天窗

⑪ 後冷巷
　冷巷的涼風從後牆兩側的門進入室內

⑫ 青雲巷
　屋旁的冷巷是通風排水的重要通道，取「順風順水，
　平步青雲」之意

青雲巷，有著平步
青雲的寓意

153

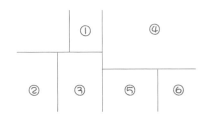

① 偏廳
② 二樓過道
③ 轎廳
④ 滿洲窗
⑤ 小姐房
⑥ 正廳

如果想感受西關人家的風情，你可以到廣州市龍津西路的荔灣博物館，這裏保留了一座典型的西關大屋建築。進入屋內，不僅能感受到清涼舒適，實用與典雅兼具的室內佈置也隨即映入眼簾。

陽光透過大面積的彩色玻璃窗，讓室內變得敞亮明朗之餘，產生的絢麗光色又為房屋增添更多溫度。客廳鏤空的木雕花罩、劃分生活空間的格扇門窗，無不體現着主人的品位。

竹筒屋
Bamboo Section House
◆ 窄若竹筒 五臟俱全 ◆

西關大屋的佔地面積通常為 500~900 平方米，舊廣州的平民很少能住得起，再加上城鎮人口的增長，臨街的地價尤為昂貴，於是便催生出簡化版的西關大屋——竹筒屋。

竹筒屋誕生於 19 世紀，是分佈於廣州市中心的低層院落式民居，因開間窄、進深大，形狀似竹筒而得名，如今在惠吉西路、鹽運西街、將軍東街一帶仍集中保留着典型的竹筒屋。

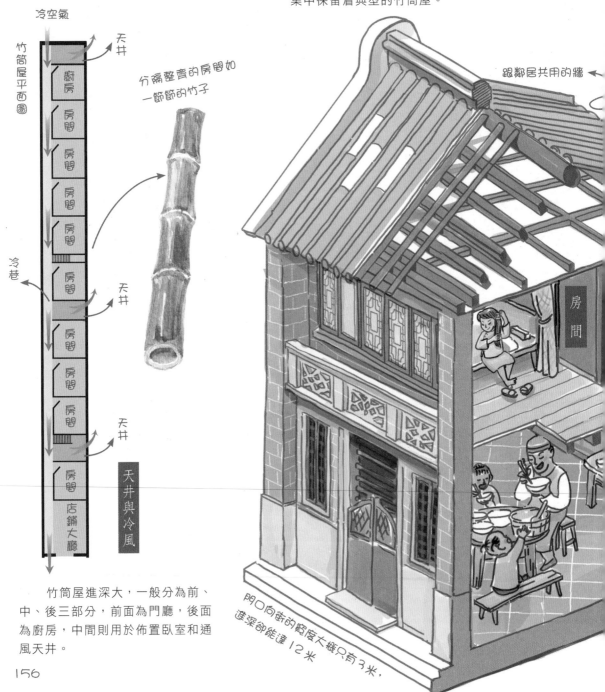

冷空氣

天井

竹筒屋平面圖

廚房

房間

房間

房間

房間

分隔整齊的房間如一節節的竹子

房間

天井

冷巷

房間

房間

房間

房間

天井

房間

店鋪大廳

天井與冷風

跟鄰居共用的牆 ←

房間

門口向街的寬度大概只有 3 米，進深卻能達 12 米

竹筒屋進深大，一般分為前、中、後三部分，前面為門廳，後面為廚房，中間則用於佈置臥室和通風天井。

156

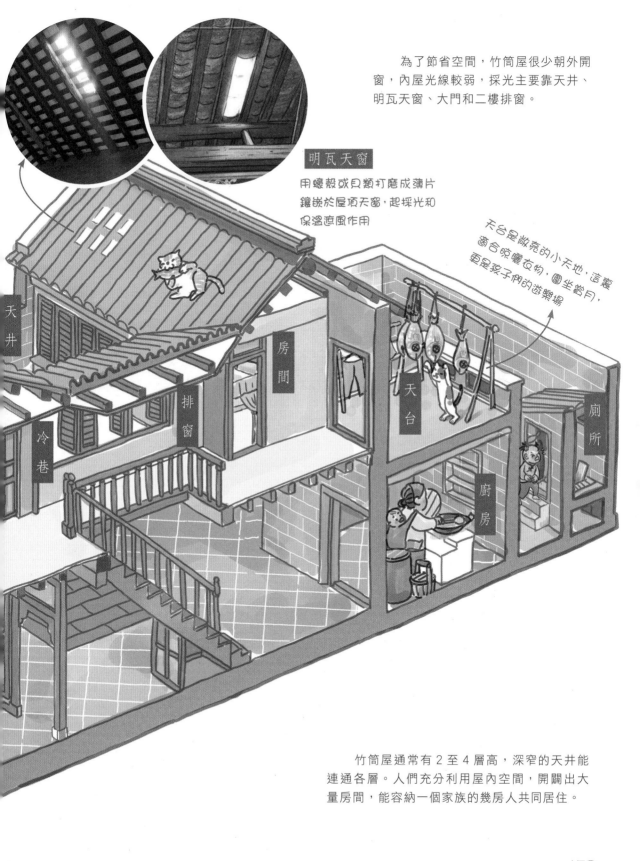

為了節省空間，竹筒屋很少朝外開窗，內屋光線較弱，採光主要靠天井、明瓦天窗、大門和二樓排窗。

明瓦天窗
用蠔殼或貝類打磨成薄片鑲嵌於屋頂天窗，起採光和保溫遮風作用

天台是敞亮的小天地，這裏適合晾曬衣物，圍坐賞月，更是孩子們的遊樂場。

天井

房間

排窗

冷巷

天台

廁所

廚房

竹筒屋通常有 2 至 4 層高，深窄的天井能連通各層。人們充分利用屋內空間，開闢出大量房間，能容納一個家族的幾房人共同居住。

蠔殼屋
Oyster Shell House
◆ 嶺南「蠔」宅　百年不朽 ◆

蠔殼屋是極具嶺南水鄉特色的傳統建築，最早可追溯到南北朝時期。廣東沿海蠔殼沉積豐富，廣府先民就地取材，開挖埋在淺灘中的蠔殼，用作建築材料。蠔殼牆既起到防風、防潮、防蟲的作用，還冬暖夏涼，適應嶺南的濕熱氣候。

如今，廣州番禺市橋、沙灣、大嶺村，海珠小洲村一帶仍保存着少量蠔殼屋。

蠔殼牆的建造充分體現了嶺南人靠水吃水、就地取材的特點，除了外牆嵌滿蠔殼，牆體的黏合劑也少不了蠔殼的參與。

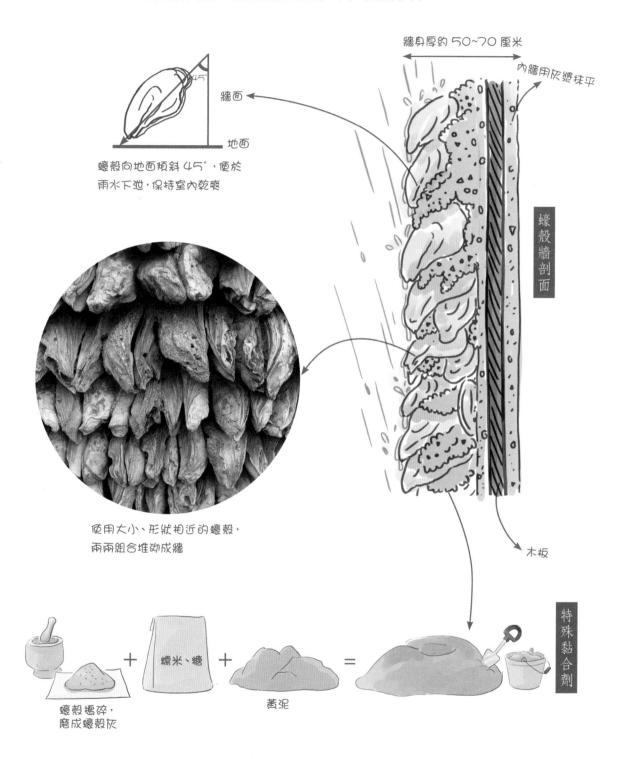

牆面

地面

蠔殼向地面傾斜 45°，便於雨水下洩，保持室內乾爽

牆身厚約 50~70 厘米

內牆用灰漿抹平

蠔殼牆剖面

使用大小、形狀相近的蠔殼，兩兩組合堆砌成牆

木板

特殊黏合劑

蠔殼搗碎，磨成蠔殼灰

＋

糯米、糖

＋

黃泥

＝

159

碉樓
Watch Tower House
◆ 厚實堅固 防火防盜 ◆

碉樓，顧名思義就是形似碉堡的樓房。這是一種集居住、防衛功能和中西建築藝術於一體的多層塔樓式建築，最早出現於明末清初。當時，開平一帶地勢低窪，颱風季節常遭洪澇之災，當地富人出資興建高大堅固的碉樓，為村民提供避水的去處。

隨着華僑攜資歸鄉蓋房的風氣興起，他們將所見的國外建築風格和先進建造技術引入家鄉，建造出既能彰顯財富地位，又能保衛財產的碉樓。

碉樓的精彩之處在於房頂，既有中國傳統的硬山頂式，又有西方的古羅馬式、歐洲式、堡壘式、教堂式等，還有中西合璧的樓頂，每座碉樓都自成風格、各具特色。

圓形角堡：用於大角度觀察、還擊入侵者

樓頂為中國傳統建築硬山頂式

「﹂」字形射擊孔，居高臨下，易守難攻

大門為厚重鋼板，門後有三四把鐵製堅固門鎖

大海浪啦，快逃上高樓吖！

早期形態

位於開平市三門里村的迎龍樓始建於明朝嘉靖年間，是現存最古老的碉樓，由鄉民集資建造，以防洪水之災

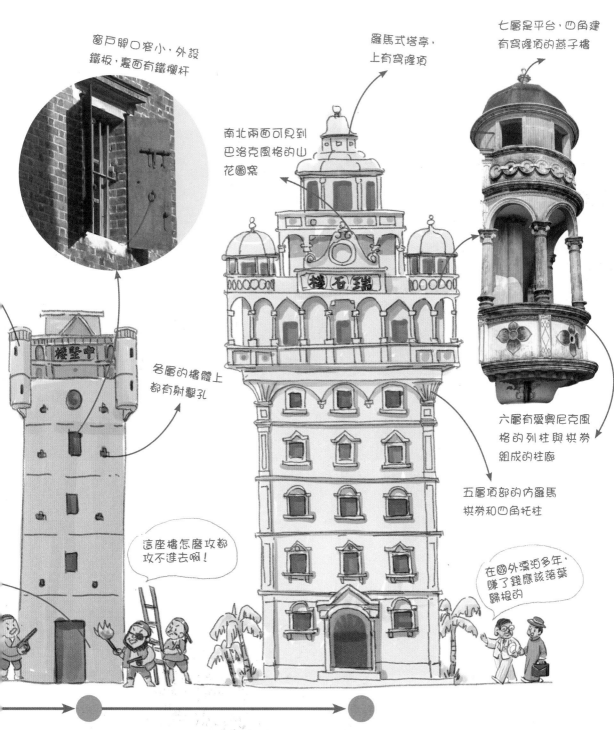

窗戶開口窄小，外設鐵板，裏面有鐵欄杆

羅馬式塔亭，上有穹窿頂

七層是平台，四角建有穹窿頂的燕子樓

南北兩面可見到巴洛克風格的山花圖案

各層的樓體上都有射擊孔

六層有愛奧尼克風格的列柱與拱券組成的柱廊

五層頂部的仿羅馬拱券和四角托柱

瑞石樓

中堅樓

這座樓怎麼攻都攻不進去啊！

在國外漂泊多年，賺了錢應該落葉歸根的

防匪防盜

清末民初時期，眾多華僑回到開平，發現這裏盜賊猖獗，決定使用西方先進的材料和技術，建造出具有防盜功能的堅固碉樓

華麗民居

民國時期，碉樓愈變愈美，其設計融合中西方建築風格，外觀華麗有氣勢。室內空間在樓主的精心裝點下，更舒適宜居

在廣東開平等僑鄉，碉樓不僅守衛一方平安，也見證了當地商業繁榮、中西文化交流融合。有的碉樓獨自屹立在田間地頭，有的被傳統民居、西式洋樓、商業騎樓街簇擁環繞着。不同風格的建築在同一片土地上林立，形成僑鄉獨特的人文歷史景觀。

開平赤坎鎮的堤西路騎樓街

開平蜆崗鎮的錦江里碉樓群　　　　　　　　　　　圖片攝影：石劍、麥國偉

開平自力村碉樓群的雲幻樓

開平自力村碉樓群的銘石樓

騎樓
Cantonese Arcade
◆「有腳」樓房 ◆

　　嶺南城鎮的老街上，馬路兩旁常常有連成一排的「有腳」樓房。其實，這是一種近代商住建築——騎樓。建築物一樓的門面後退，留出空間建成行人走廊，走廊上方為二樓居住空間，看上去就像二樓「騎」在走廊上。

　　騎樓早期在南亞、東南亞盛行，19世紀中後期開始，由華僑將這種形式帶回嶺南。清光緒年間，廣州城內的商舖佔道經營的亂象頻仍，兩廣總督張之洞參考香港的經驗，曾提議興建類似騎樓的「舖廊」。

　　20世紀初，民國成立後，為了推進城市化，廣州市政廳下令拆城牆、開馬路，鼓勵興建騎樓，改造街道環境。這種實用好看的獨特建築歷經逾百年風雨，已成為嶺南文化的歷史建築名片。

改造前：
臨街商舖的遮雨棚、攤檔佔道經營，導致路面狹窄，秩序混亂

改造後：樓上民宅、樓下商舖，盡力打造營商空間，貫通的行人走廊任何天氣都能買買買

馬路以內通修舖廊以便商民交易，舖廊以內廳修行棧鱗列櫛比

民國初年，騎樓建設在廣州快速推進。當時政府對騎樓的建造地塊、結構構造等作了細緻的規定和技術要求。短短10年間，廣州建成近40公里長的騎樓街，成為廣州城的一道獨特街景。

━━━ 民國初年興建騎樓馬路初期
　　（1911年-1917年）

━━━ 騎樓興建的強製發展期
　　（1918年-1920年）

━━━ 騎樓全面發展建設期
　　（1921年-1928年）

━━━ 騎樓興建的衰退時期
　　（1929年-1937年）

嶺南騎樓圖

樓頂：
山花和女兒牆融合中西方裝飾風格，女兒牆通常會開洞口，以減少颱風對建築的損壞

樓部：
建在行人走廊上方，是商戶、居民的居住空間

廊部：
商鋪的門面和人行通道，通常是哥特式或古羅馬券廊式的裝飾風格

老广士多

大話國涼茶

廣州

梧州

廣西

北海

赤坎

開平赤坎古鎮的華僑把碉樓與
騎樓的特點結合起來建造騎樓
群，並將碉樓和鐘樓融入其中

海南

海口

廈門

漳州

泉州

福建

台北

台灣

錦延一公里長的
南洋風情街

東莞

潮州

汕頭

廣東

香港

融合粵、閩兩地的騎樓風格，在細節
處精雕細琢，富有異國風情

澳門

歸國華僑從國外引進鋼筋、混凝土、
玻璃、瓷磚、塗料等新型材料及框架
建造技術，在後來部分民居的擴建
和騎樓重建中加以應用

　　騎樓廣泛分佈於嶺南地區，在兩廣、福建、海南
都有着其各自不同風格的建築。
　　廣東是著名的僑鄉，華僑們造就了僑鄉城鎮獨特
的建築風格，騎樓商業街和住宅成為華僑文化的代表
建築形式。

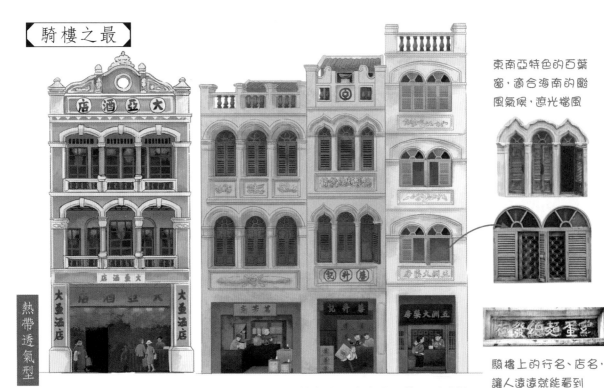

東南亞特色的百葉窗，適合海南的颱風氣候，遮光擋風

騎樓上的行名、店名，讓人遠遠就能看到

熱帶透氣型

海口騎樓老街位於海口的得勝沙路、新華南路、中山路一帶，形成於20世紀20年代。騎樓五彩繽紛的外牆、五花八門的百葉窗，體現了歐亞融合的文化特色。遮風擋雨又通風透氣的百葉窗，正適應了海南炎熱多雨的氣候。牆面上還保留着舊時商舖的商號、廣告詞，讓人依然能感受到昔日的繁華。

市井生活型

廣州西關騎樓主要集中在恩寧路、龍津西路一帶。沿街分佈着粥粉麵店、燒臘檔、百貨店、打銅舖，老街坊們常常坐在騎樓下乘涼聊天、喝茶下棋。騎樓對於居民而言，不只是一條遮風擋雨的通道，而是生活、社交的重要場所。

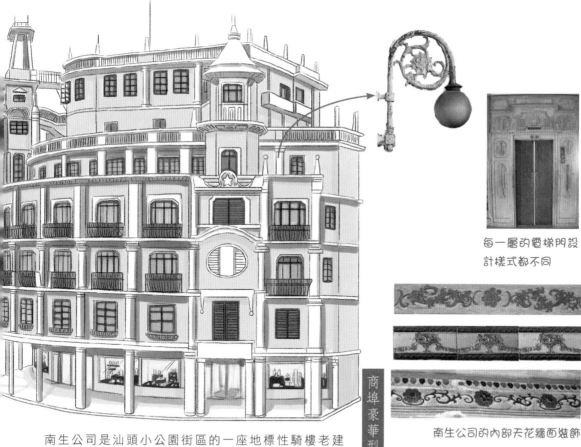

每一層的電梯門設計樣式都不同

南生公司的內部天花牆面裝飾

南生公司是汕頭小公園街區的一座地標性騎樓老建築，前身是 1932 年建成的「南生貿易公司」。小公園是汕頭開埠和商業發展的見證，擁有大規模的民國建築群。南生公司的兩座高聳塔樓在其中十分搶眼，內部還裝有「汕頭第一部電梯」，配置可謂相當高級。

廣西梧州騎樓的獨特之處就在於，立柱上裝有兩個拴船的鐵環。原來，梧州地處三江交匯處，雨季洪水氾濫時，居民只能靠撐船外出。將船拴在鐵環後，人們可以從騎樓二樓的水門回家。所以即使「水浸眼眉」，梧州百姓也能從容面對。

水淹一樓商舖時，居民便會打開水門，放下爬梯乘艇出入

169

嶺南園林
Cantonese Garden
◆ 縮龍成寸 以小見大 ◆

中國園林集傳統建築、書畫、雕刻等於一體，有「雖由人作，宛自天開」的藝術特點，迄今已有三千多年歷史。園林分為北方園林、江南園林、嶺南園林，根據各地氣候、地理環境的差異，其建築風格有顯著的地域性。

北方園林多為歷代帝王所用，建築風格富麗堂皇，且規劃佈局較多運用中軸線、對景線，講求嚴謹的軸線對稱。

北方園林

江南園林的牆體多為白粉牆

北方園林講究嚴謹的對稱

遊玩區

居住區

江南園林

亭台軒榭在佈局上「絕不講究對稱」

江南園林主要分佈於江浙一帶，佈局精巧，以江南水鄉的水景見長，疊石假山為輔。建築風格淡雅樸素，佈局結構沒有定式，具有突出的文人園林風格。

江南園林裡的水池沒有固定的稜角之分，頗有幾分隨性美

為了迎合嶺南地區的濕熱氣候，嶺南園林大多以植被繁茂、連廊拱橋多為主要特色。再加上木石磚雕、灰塑彩畫、套色玻璃、金漆雕鏤等建築裝飾元素，使園林的視覺色彩更加豐富鮮明。

嶺南園林

嶺南園林牆體多為水磨青磚，青磚表面有許多細密微孔，透氣性、吸水性強，適合嶺南潮濕多雨的天氣

嶺南園林植被繁茂，經常可以看到芭蕉樹、榕樹、竹子等常綠植物

嶺南灰塑喜用紅、黃、綠作色彩搭配，在青磚牆上特別精彩奪目

木窗框內鑲有五彩斑斕紋樣的彩色玻璃，在光影作用下玲瓏剔透

到處可見精雕細刻的金漆木雕和陶製磚花窗

與北方園林、江南園林相比，嶺南園林規模雖小，卻五臟俱全。嶺南園林將住宅與庭園相結合，佈局講求精巧。廣東四大名園之一的餘蔭山房，充分體現嶺南園林藏而不露、縮龍成寸的建築特點。

餘蔭山房鳥瞰圖

原門廳

臨池別館 ①

方池 ②

深柳堂 ③

浣紅跨綠廊橋 ④

① 臨池別館
　原是園主的書齋，古代文人雅士以墨硯為「池」，「臨池」就是蘸墨揮毫的意思
② 方池
　嶺南園林的水池採用規則的幾何形狀，以方形居多。據考古發掘，南越王宮的石構水池「蕃池」就是方形，可見早在秦代，嶺南水池建造就有此傳統
③ 深柳堂
　餘蔭山房的主體建築，園主會客場所。
④ 浣紅跨綠廊橋
　嶺南園林常用假山、屏風、廊橋等作為「隔斷」，營造一眼看不盡的神秘感和曲徑通幽的層次感
⑤ 臥瓢廬
　賓客憩息的場所

「餘地三弓紅雨足，蔭天一角綠雲深」。這副名聯點出園林雖只有三畝之地，卻濃縮了亭台樓閣、橋廊石雕等景觀。四季花開不斷，景中藏景，精妙之處可見一斑

餘地三弓紅雨足

蔭天一角綠雲深

⑥ 玲瓏水榭

　水榭八面通窗，既可通風又能賞景。東面丹桂、東南楊柳、南面蠟梅、西南石林、西面虹橋、西北臥廬、北面蘭徑、東北孔雀，八景各具特色

⑦ 孔雀亭

　孔雀亭飼養的孔雀是園內八景的吸睛點

⑧ 來薰亭

　園內唯一的半邊亭，與玲瓏水榭相呼應

臥瓢廬⑤

玲瓏水榭⑥

來薰亭⑧

孔雀亭⑦

浣紅跨綠廊橋巧妙結合了橋、廊、亭、欄等嶺南園林建築的經典造型

　餘蔭山房佔地面積僅 1598 平方米，規模較小、建築又多，但置身園中卻不感擁擠，皆因建築多為短低屋簷、鏤空通透，視覺上亭閣雖大卻不具壓迫感。

玲瓏水榭景致優雅，是過去園主人接待文人雅士、吟詩作對的場所

灰　塑

　　走在嶺南園林間，你時常能在青磚灰瓦間瞥見一抹濃艷的裝飾，在照壁上、在門框上、在牆沿上、在花盆上，讓深沉的古宅充滿着生活氣息。那是在清代嶺南建築裝飾中非常流行的灰塑工藝，是用石灰、貝灰、稻草等材料，塑成立體或浮雕造型，再隨形附彩而成。

　　灰塑的圖案題材廣泛，有説教的歷史故事、有吉祥的神話傳説、有文人志趣的山水花鳥等，還有對仗工整的楹聯詩句，裝飾與園林景致相映成趣，充分體現了園主人的生活情趣。

以中國山水畫為原形的特色照壁畫

門牆楣

深柳堂西側巷內「山行圖」

特色的楹聯、匾額

這些色彩艷麗的灰塑裝飾，多以民間傳說、
祥禽瑞獸、花卉果木為題材，蘊藏人們對吉祥如
意的美好祈願

找找看，你能找到
幾種嶺南佳果？

《四福捧壽》以「壽」字為架，
擺放着各種嶺南佳果，有「五福
臨門」的吉祥寓意，「四福」便
是壽字四角飛舞的蝙蝠

在屋頂屋脊、門楣牆壁、
花盆基座，常能看到灰
塑裝飾的身影

滿洲窗

　　嶺南文化素有兼收並蓄的特點。
清代晚期，廣州匠人吸收西方的套色
玻璃蝕刻工藝，結合中國畫的題材和
審美，製作出滿洲窗。在光影作用下，
玲瓏剔透的滿洲窗為嶺南園林建築帶
去幾分異域之美。

套色玻璃

蠔殼窗

除了色彩斑斕的滿洲窗，嶺南園林裏還有一種素雅的裝飾物——蠔殼窗。它是用蠔殼、海月等貝類打磨成半透明的薄片，代替窗紙鑲嵌在木框上製成，富含濃郁的嶺南海洋文化氣息。

十字菱花套古錢燈籠圖案

窗心鑲嵌着彩色蝕刻玻璃畫，一素一彩，亦中亦西，二者相得益彰

六角金盤圖案

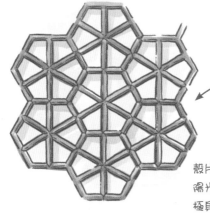

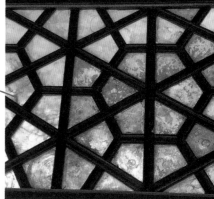

殼片呈月白色，富有雲母光澤，陽光透過後折射出七彩光華，極具欣賞性

四瓣如意圖案

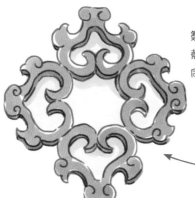

製作一面窗扇就需要上百片殼片，工匠將殼片裁切成不同規格，以組成豐富的圖案

名園覽勝
Visiting the Garden
◆ 移步換景 置身畫中 ◆

廣東地區有眾多極具嶺南特色的名園，可以欣賞蔥蔥綠植、亭台樓閣、小橋流水，打卡園內各處經典的景點建築；還可以置身戲台前聽粵曲、睇大戲，甚至歎茶、享美食。玩足一天都不會悶！

餘蔭山房

140多年的歷史，以小巧玲瓏、佈局精細的藝術特色著稱
打卡點：深柳堂、臥瓢廬、玲瓏水榭、浣紅跨綠橋廊
地址：廣州市番禺區南村鎮北大街

可園

番禺

東莞

梁園

園內佈局追求淡雅自然，秀水、奇石、名帖堪稱梁園「三
打卡點：十二石齋、群星草堂、汾江草廬、寒香館
地址：佛山市禪城區松風路先鋒古道93號

佈局四通八達，通過130餘道式樣不同的門廊、走道連成一體，佈局新奇
打卡點：邀山閣、環碧廊、雙清室、問花小院
地址：東莞市莞城可園路32號

順德

佛山

清暉園

佈局為大園包小園，主體建築為船廳，迴廊環合、結構清晰
打卡點：船廳、澄漪亭、碧溪草堂、池廊
地址：佛山市順德區大良清暉路23號

碧江金樓

古代名人墨寶、鬼斧神工的木雕、碧江版「清明上河圖」和三口井等景觀極具觀賞價值
打卡點：金樓、泥樓、南山祠、三興大宅
地址：佛山市順德區泰寧西路 6 號

順德

和園

和園源於順德本土企業家的家鄉情懷，由其出資捐建，並對市民免費開放。園內設有和園戲台，動態展示粵劇藝術
打卡點：水月松風、粵韻流風、泰和書院、雲岫精廬
地址：佛山市順德區人昌路 12 號

廣州

粵劇博物館

具有嶺南風情、水鄉特色的園林博物館，中心設仿古戲台，每週定期舉行粵劇粵曲展演
打卡點：粵劇紅船、紅豆飄馨、梨園異彩、名揚五洲
地址：廣州市荔灣區恩寧路 127 號

廣州

十香園

清末著名畫家居廉居巢兄弟居所，因園中種有茉莉、夜來香、素馨、鷹爪等 10 種香花而得名
打卡點：今夕庵、嘯月琴館、紫梨花館
地址：廣州市海珠區昌崗中路懷德大街 3 號

廣東四大名園
東莞可園
佛山梁園
順德清暉園
番禺餘蔭山房

遊園聽曲
廣州粵劇博物館
順德北滘和園

美食園林
南園酒家
北園酒家
泮溪酒家

漫遊園林

　　伍家花園、海山仙館等清末嶺南
名園名盛一時，如今雖已不復存在，
但一些老照片和外銷畫記錄下了它們
當年的風貌，讓我們得以想像這些嶺
南名園昔日的輝煌。

海山仙館

亭台水榭、綠樹成蔭，是一個
相當不錯的避暑勝地。

潘有度庭園

劉進士宅第

潘家花園

183

編繪
大話國

編輯
簡詠怡

裝幀設計
羅美齡

排版
辛紅梅

出版者
萬里機構出版有限公司
香港北角英皇道 499 號北角工業大廈 20 樓
電話：2564 7511　傳真：2565 5539
電郵：info@wanlibk.com
網址：http://www.wanlibk.com
　　　http://www.facebook.com/wanlibk

發行者
香港聯合書刊物流有限公司
香港荃灣德士古道 220-248 號荃灣工業中心 16 樓
電話：2150 2100　傳真：2407 3062
電郵：info@suplogistics.com.hk
網址：http://www.suplogistics.com.hk

承印者
中華商務彩色印刷有限公司
香港新界大埔汀麗路 36 號

出版日期
二〇二二年四月第一次印刷

規格
特 16 開（185 mm × 240 mm）